"
여기 아닌 저기를 꿈꾸는 당신

_____ 에게
"

이제, 당신이 떠날 차례

여기 아닌 저기를 꿈꾸는 이들에게
전하는 여행의 이유

이제, 당신이 떠날 차례

여기 아닌 저기를 꿈꾸는 이들에게 전하는 여행의 이유

—

2019년 5월 15일 1판 1쇄 인쇄
2019년 5월 24일 1판 1쇄 발행

—

글·사진 강가희
펴낸이 이상훈
펴낸곳 책밥
주소 03986 서울시 마포구 동교로23길 116 3층
전화 번호 02-582-6707
팩스 번호 02-335-6702
홈페이지 www.bookisbab.co.kr
등록 2007.1.31. 제313-2007-126호

—

기획·진행 기획3팀 권경자
디자인 프롬디자인 김혜진

—

ISBN 979-11-86925-77-5 (03810)
정가 14,000원

—

책밥은 (주)오렌지페이퍼의 출판 브랜드입니다.

이 도서의 국립중앙도서관 출판예정도서목록(CIP)은 서지정보유통지원시스템 홈페이지
(http://seoji.nl.go.kr)와 국가자료종합목록시스템(http://www.nl.go.kr/kolisnet)에서
이용하실 수 있습니다. (CIP제어번호 : CIP2019018496)

이제, 당신이 떠날 차례

글·사진 강가희

여기 아닌 저기를 꿈꾸는
이들에게 전하는 여행의 이유

책밥

삶의 기록을 빛내준 내 여행의 시작

이 글은 15년 지기 친구와 네 차례에 걸쳐 쌓아 온 세계 여행기이자, 숱하게 고민을 거듭하지만 비슷한 사이클에 의해 취업, 연애, 결혼으로 이어지는, 30대 보통여자의 평범한 삶의 성장기다.

누군가에게는 별 것 아닌 시시콜콜한 이야기일 수 있지만, 원대한 우주 한가운데 지구라는 별, 그것도 대한민국이라는 작은 나라에서 동시대를 살고 있는 어떤 이에게는 '공감'이라는 따뜻한 위로를 건넬 수 있길 바란다.

그다지 거창하지 않은 이야기들이다. 많은 여행을 다녔고, 많은 고민을 했으며, 많은 사람을 만났고, 많은 이야기를 나누었지만 그렇다고 해서 달라진 것은 없었다. 진정한 나를 찾은 것도 아니었고, 인생이 바뀐 것도 아니었으며, '탁—' 하고 무릎을 칠만한 깨달음을 얻은 것도 아니었다.

그럼에도 불구하고 왜 여행을 하느냐고 묻는다면, 여행을 가기 전 내가 품었던 마음, 여행을 가는 순간의 설렘, 여행 중 만난 형언할 수 없이 황홀했던 찰나의 순간들, 비현실적이리만큼 근사한 장소에 내가 있었다는 사실 등 그 순간 몹시도 행복했던 나를 떠올려볼 수 있음이 지리멸렬한 삶을 이어나가게 해 주는 원동력이 되기 때문이라고 말하고 싶다.

두고두고 그리워할 인생의 찬란했던 페이지들이 차곡차곡 쌓이다 보면 당신에게도 '꽤 괜찮은 내 인생'이란 한 권의 책이 탄생하지 않을까 생각한다.

2019년 봄
강가희 Dream

내 삶의 이유는 결국 나였음을

치열 했 던
봄 과 여 름 의 간 이 역 에 서

내가 가는 길에 믿음을 쌓아 보려는 마음가짐

가을의 길목에
영글어진 마음이 있었다

비로소 만난 궁극의 나

긴 겨울 끝에 찾아온
행복 사냥꾼

내가 발견해 주기를 기다렸던

또 다른 내가 있는 곳

그곳을 향해
봄마중을 떠나자

가장 멋지게 세상에 복수하는 방법

　　사는 게 시시하고 재미없었다. 나름 치열한 20대를 보내고 30대를 앞둔 어느 날이었다. 한 번의 휴학 없이 학교를 졸업했고, 역시 한 번의 휴학 없이 대학원을 졸업했다. 20대 초반, 방송국에 발을 디딘 후 단 한 번의 쉼 없이 직진으로만 전진해 온 나였다.

그 당시 나는 보도국 작가로 일하고 있었는데, 보도국이란 곳이 그렇다. 하루하루가 속보 경쟁이다. 어느 방송사가 그날 가장 핫한 인물을 섭외하느냐가 관건이다. 아무리 우리나라가 다이내믹 코리아라고 하지만 매일매일 뜨거운 뉴스가 나올 리 만무하니 늘 아이템 전쟁이다. 웬만한 살인사건은 뉴스거리도 안 된다. 데스크는 사람들의 눈과 귀를 사로잡을 자극적인 소재를 원한다. 그래야 시청률이 올라가고 이슈가 된다.

하루하루 아이템 전쟁 속을 헤매던 어느 날, 나는 무슨 일이 터지기만을 바라는 나 자신을 발견했다. 순간 섬뜩해졌다. 내가 무서웠다. 사건사고의 희생이나 원인보다는 시청률에 연연해 눈에 불을 켜고 아이템을 찾아다니는 나란 인간이 잔인했다. 학창시절부터 꿈꿔왔던 방송작가라는 직업에 대한 회의감이 휘몰아치듯 몰려왔다. 더 이상 이렇게 '일'이란 프레임에 꾸역꾸역 나를 구겨 넣어서는 안 되겠다는 확신이 들었다. 어떻게 해서든 새로운 전환을 시도해야만 했다.

30대를 앞둔 내 모습은 김빠진 콜라 그 자체였다. 어릴 적 동경해 온 대단한 사람이 되어 있는 것도 아니었고, 세상이 그 노력에 합당한 보상을 충분히 준 것 같지도 않았다. 불현듯 떠올랐다. '즐겁게 사는 것이 우리가 세상에 할 수 있는 최고의 복수'라고 했던 무라카미 류의 소설 『69sixty nine』이…. 거창하게 '복수'까지는 아니더라도 한 번 사는 인생, 즐겁게 사는 게 최고인데 나는 그렇게 살고 있는 것일까? '재밌게 살자'가 인생 모토였던 나는 언젠가부터 눈 뜨자마자 뉴스거리를 찾아보고 섭외전화를 돌리는 지루한 일상의 주인공이 되어 있었다.

친구 미나를 만나 이야기했다. 떠나야겠다고…, 같이 떠나지 않겠느냐고…. 미나는 단 한 번도 나의 제안(특히 노는 일)을 거절한 적이 없다. 노는 것에 있어서만큼은 죽이 잘 맞았다. 템플스테이, 죽음 체험, 록페스티벌, 각종 영화·콘서트 등 둘이서 참 신나게도 놀았는데, 한 번도 같이 해외 여행을 간 적은 없었다.

그녀는 묻지도 따지지도 않고 무조건 가자고 했다. 그렇게 우리는 3월 1일 삼일절에 떠나기로 했다. 호기롭게 놀 권리를 주창하면서 말이다.

일 년에 한 번, 둘이서 집 떠나는 즐거움

여행을 계획한 날, 또 하나의 약속을 했다. 일 년에 한 번씩 둘이서 여행을 가자고. 당시엔 둘 다 싱글이었고 젊었다. 여자 둘이서 일 년에 한 번 여행을 간다는 것. 물론 남자들도 지키기 어려운 약속이겠으나, 여자라는 대한민국 구성원에게는 더 힘들 수도 있는 일이란 생각을 그땐 미처 하지 못했다. 앞으로 결혼과 육아 등의 명제들이 얼마나 우리의 발목을 잡을지는 모르겠지만, 못 가는 핑계보다는 가야 할 구실을 찾기로 했다.

『안나 카레니나』의 첫 문장, '행복한 가정은 모두 고만고만하지만 무릇 불행한 가정은 나름나름으로 불행하다'처럼, 행복에는 이유가 없지만 불행에는 이유가 참 많다. 여행도 대입해 보면 마찬가지다. 못 가는 데에는 이런저런 이유가 많지만 가야 하는 이유는 하나다. **"지금 떠나야 하니까!"**

떠나는 행위 그 자체가 여행의 이유이자 목적이다. 정지용 시인은 여행의 즐거움을 '이가락離家樂'으로 표현했다. 집 떠나는 즐거움…. 오래된 집이 주는 편안함도 좋지만 그 익숙함을 떠났을 때의 일탈 역시 이루 말할 수 없는 쾌감을 준다. 물론 20대에 집을 떠나지 않았던 것은 아니다. 혼자서 참 많은 곳을 돌아다녔다. 하지만 이렇게 마음 맞는 친구와 그것도 한 달씩이나 여행을 떠난다는 것은 난생 처음 있는 일이었다. 지금껏 여행가방을 싸면서 이토록 즐거웠던 적은 없었다.

전혀 가보지 않은 새로운 세상에 도착했을 때는 설렘과 동시에 약간의 막연함이 있다. 낯선 타국에 대한 이질감이랄까. 하지만 이번엔 달랐다. 미나와 함께였기 때문이다. 혼자가 아닌 둘이 하는 여행의 즐거움은 새로운 시공간을 누군가와 공유한다는 것에 있다. 혼자였다면 무서웠을 수도 있는, 혼자였다면 자칫 놓쳤을 수도 있는, 혼자였다면 아쉬웠을 수도 있는, 혼자였다면 쓸쓸했을 수도 있는 모든 시간들을 소중한 이와 함께할 수 있어서 이번 여행은 더욱 풍요로울 것이며, 더욱 아름다울 것이며, 무엇보다 더욱 따뜻할 것이라 예감했다.

21세기의 슈퍼우먼 아르테미스

　　그곳의 이름은 아르테미스 게스트하우스였다. 터키 셀축엔 아르테미스 신전이 있다. 아마 그러한 연유로 붙인 이름 같았다.

그리스 신화에 나오는 올림포스 12신 중 한 명인 아르테미스. 그녀는 사냥, 숲, 달, 처녀성 등과 관련된 여신이다. 다산과 풍요의 상징으로 여성의 출산을 돕고 어린아이를 돌보는 여신이기도 하다. 재미있는 건 그리스 신화에서 아르테미스는 화살을 들고 숲에서 짐승을 사냥하는 활기찬 처녀신의 모습으로 등장한다는 점이다. 여성이 가진 다양한 모습들을 품고 있는 아르테미스. 개인적으로는 숲을 활보하며 사냥하는 그녀가 훨씬 더 마음에 든다.

이름에 이끌려 찾아간 아르테미스 게스트하우스. 그곳엔 신기하게도 터키 남자와 결혼을 앞둔 한국 여자가 살고 있었다. 두 사람이 함께 게스트하우스를 운영하고 있는데 곧 결혼식을 치를 예정이라고 했다.

〈셀수스 도서관(Celsus Library)〉, 터키 에페수스

여행을 하면서 외국인과 결혼해서 사는 한국 여자들을 꽤 만났다. 안타까운 점은 많은 사람들이 자신이 하던 일을 그만두었다는 점이다. 배우자의 학업을 이유로, 직장을 이유로, 아이를 이유로, 기타 등등… 이후 그녀들은 새로운 땅에서 자신이 할 수 있는 일을 찾거나 배우자의 일을 돕거나 주부가 된다. 하나같이 배우자를 만나기 전 직업은 전문직이다. 그녀들의 재능이 아까운 건 나만 드는 생각일까? 사랑에 의한 선택이라고 하지만 같은 여자로서는 좀 억울한 측면도 있다.

꼭 국제 커플만의 이야기는 아닐 것이다. 주변의 친구들 역시 결혼, 출산과 함께 많은 것을 포기해야만 했다. 21세기의 세상은 아르테미스처럼 사냥도 잘하고, 아이도 잘 낳는 슈퍼우먼을 원한다. 예전에 다큐멘터리를 위해 만났던 한 여성학자는 차라리 과거의 여성들이 스트레스는 덜했을지도 모른다고 했다. 맞벌이란 개념이 없던 그 시절엔 육아와 집안일에만 충실하면 됐으니 말이다. 일과 가정의 양립은 어려운 문제이며 여전히 이 질문에 대한 뾰족한 해결책을 찾기란 쉽지 않다. 사실 너무나 당연한 답이 있는데 아주 오래전부터 내려온 구조를 바꾼다는 것에 어떤 이는 불편함을 느끼고, 어떤 이는 애써 외면하고 있는 것인지도 모른다. 그럼에도 불구하고 우리 사회가 조금씩 긍정적인 방향으로 움직이고 있다는 것에 희망을 걸어 본다. 아르테미스 게스트하우스의 그녀는 지금 어떻게 살고 있을까? 어떤 삶의 형태든 그녀가 행복했으면 좋겠다.

부부에 대하여

터키 여행을 하면서 유독 함께 여행하는 부부를 많이 만났다. 사프란볼루에서는 한·일 부부인 은선 언니와 아키라를 만났고, 안탈리아에서는 중년의 독일인 부부를 만났으며, 카야코이에서는 체코인 노부부를 만났다.

세계 여행을 위해 안정적인 직장에 사표를 던지고, 양가에 선의의 거짓말을 한 뒤 길을 나선 한국·일본인 부부, 유럽의 역사를 알기 위해 터키를 일곱 번이나 방문한 독일인 부부, 우리는 버스로도 멀다고 불평한 길을 오롯이 도보로 왔다는 체코인 노부부까지…. 국적도 달랐고 연령대도 달랐던 이들의 공통점은 사랑의 상태가 건강해 보였다는 것이다. 같은 생각을 하고, 같은 목적지를 향해 걸어가는 그들의 모습에서 앞으로 어떤 시련이 닥쳐도 갈라서지 않을 어떤 끈끈한 연대감이 느껴졌다.

같은 관심사를 가진 사람을 만난다는 것은 참 쉬운 일 같으면서도 그렇지 않은 경우가 많다. 떠남을 좋아하는 사람도 있지만 머무름을 좋아하는 사람도 있다.

대기업에 다녔던 그 남자는 왜 한 달씩이나 여행을 가느냐며 나를 힐난했다. 자신의 꿈은 강남의 고급 아파트에 살면서 아이들에게 질 좋은 교육을 시켜줄 수 있는 아버지라고 했다. 물론 그의 꿈도 소중하지만 여행이 일상이 되고 싶었던 나의 꿈은 그에게 부합할 수 없는 종류의 것이었다.

이런 철 지난 에피소드들 덕택에 미나와 나에게 있어 긴 시간 함께 여행을 하고 있는 그들이 참 멋있어 보였고, 어떤 신기루처럼 보이기도 했다. 나중에 우리 역시 결혼을 했을 때 저런 멋진 계획을 실행할 수 있을까? 부부가 여행을 한다는 것은 많은 의미를 가지고 있다. '공통된 취향'이란 짧은 단어에는 실로 수많은 자음과 모음이 담겨 있다. 이를테면 같은 곳을 가도 택시를 선호하는 이가 있는가 하면 걷는 것을 즐기는 이도 있으니 말이다.

그렇다고 해서 꼭 취향이 같을 필요는 없다. 다만 서로 다른 취향을 인정해 줄 수 있다면 근사한 여행을 만들어 갈 수 있을 것이다. 다름을 인정해 주는 마음, 서로를 이해하려고 노력하는 마음, 그 마음들이 모여 부부의 '닮음'이 만들어진다. 얼굴도, 가치관도, 취향도. 서로 닮고 닮아 궁극의 동그란 한마음이 된 부부들을 만날 수 있었던 것은 행운이었다. 나 역시 어떤 한 사람과 함께 그들을 닮아가고 싶어졌으니까.

새로운 나를 만난다는 것

'입맛'이라는 것은 참 알다가도 모를 존재다. 아주 어렸을 때부터 어머니가 만들어 주신 음식을 먹으며 30여 년에 걸쳐 형성된 입맛. 입맛이란 건 어쩌면 내 식생활의 역사라고도 할 수 있다. 그래서 굉장히 규칙적이고 고정적일 것 같지만, 어느 순간 전혀 받아들일 수 없을 것이라 생각했던 음식을 받아들이기도 한다. 그래서 '입맛'이란 건 언제든 바뀔 수 있는 카멜레온 같다. 특히 이런 경험은 여행지에서 자주 접하게 된다.

터키 사프란볼루에서가 그랬다. 우리가 머물던 게스트하우스에서는 저녁식사를 미리 신청하면 주인아주머니께서 직접 만든 터키 가정식을 제공했다. 주문 후 부푼 기대를 안고 식탁에 앉았는데 메인 메뉴가 다름 아닌 '가. 지. 찜.'이었다.

유감스럽게도 가지는 내가 싫어하는 식재료 중 하나다. 예쁜 보랏빛

이 조리를 하면 검푸른 색으로 변하는 성질도 싫었고, 입안에 넣었을 때의 물컹한 식감은 식욕을 현격히 저하시켰다. 그렇다고 그 자리에서 왜 하필 가지찜이냐며 불만을 토로할 수는 없었다. 일단 먹어보자며 눈 딱 감고 한 입 머금은 순간, 가지에 대한 내 편견은 한 번에 사라졌다. 소고기를 갈아 토마토 페이스트와 섞어 조리한 가지찜은 생전 먹어보지 못한 새로운 맛이었으며, 잠재되어 있던 나의 침샘을 미친 듯이 자극했다. 그토록 싫어했던 가지를 이날의 저녁식사를 계기로 좋아하게 됐다. 30여 년 동안 거부했던 음식을 한 번에 받아들이게 되다니…. 그것은 신기하고도 재미있는 경험이었다.

나는 나 스스로를 잘 안다고 생각하지만 실은 잘 모를 때가 더 많다. 어쩌면 나는 내가 아는 것보다 더 다양한 성질을 가진 인격체인지도 모른다. 평생 가지를 먹지 못할 것이라고 생각했지만 어느새 내 몸은 가지를 받아들이고 있었다. 그것도 아주 자연스럽게, 아주 즐겁게 말이다.

새로운 나의 모습을 발견하게 되는 건 비단 음식뿐만은 아닐 것이다. 무라카미 하루키는 "먼 여행에서 우리가 발견하게 되는 건 나 자신"이라고 했다. 여행을 한다는 건 그 먼 곳에서 내게 발견되기를 기다리고 있는 나의 모습을 찾아가는 과정이기도 하다. 누군가 왜 내게 여행을 하느냐고 묻는다면, 나는 이렇게 말하고 싶다. **새로운 풍경을 보기 위**

함도 있지만 그에 앞서 **새로운 나를 발견하기 위함이라고.** 우리는 우리를 더 자세히 만나기 위해 여행을 떠난다. 조금 더 간지럽게 표현하자면 우리를 더 사랑하기 위해 여행을 떠난다.

위로의 다른 이름, '공감'

　　방송작가를 업으로 하다 보니 참으로 다양한 사람들을 만나게 된다. 프로그램에 따라 만나는 사람들의 직업군도 각양각색이다. 주부, 학생, 농부, 변호사, 의사, 정치인, 기타 등등 셀 수 없이 많은 사람들을 만나지만 의외로 나는 낯가림이 있다. 그러니까 뭐랄까. 적당히 만나서 사무적인 대화를 나누는 것은 직업적 특성상 이골이 날 만큼 잘 할 자신이 있지만, 그 이상 관계를 발전시키는 것이 힘들다. 누구에게 나를 소개하고 내 이야기를 하고 친해지는 일련의 과정이 왠지 나를 PR하는 일 같아서 불편하다. 예를 들면 소개팅이 그랬다. 무슨 면접 보는 것처럼 내가 살아온 30여 년의 시간을 단 한두 시간 만에 상대에게 설명하고 어필하는 것은 따지고 보면 말이 안 되는 일이다.

처음 누군가를 만나는 일은 어려운 일이지만 여기에도 예외는 있다. 다름 아닌 여행지에서의 만남이다. 여행지에서 낯선 사람들을 만날 땐 이상하게 마음이 편하다. 물론 통성명 정도는 하지만 세세히 나를 설명할 필요가 없기 때문이다. 여행자들끼리 친해지는 데엔 세 가지 질문이면 충분하다.

"어디에서 오셨어요?"
"오늘은 어디를 여행하셨나요?"
"내일은 어디를 여행하실 건가요?"

어떤 화젯거리를 꺼내야 할지 고민하지 않아도 된다. 여행 이야기만으로 밤을 새도 모자라니까. 터키, 그리스, 불가리아까지 모든 여행지에서 혼자 여행 온 한국 여자들을 참 많이 만났다. 대부분이 20대 후반에서 30대 중반의 우리 또래였다. 그녀들은 직장을 그만두었거나, 잠시 휴직중이거나, 좀 더 나에 대해 고민할 시간이 필요하다고 했다. 공통된 주제는 연애와 결혼, 그리고 앞으로 무엇을 하며 살아야 할지 '밥벌이'에 대한 것이었다. 대학을 졸업하고 어렵사리 취업을 했지만 지금 내가 서 있는 길이 내 길인지 아닌지를 고민하게 되는 나이, 현재 만나는 사람이 나의 평생 동반자가 될 사람인지 아닌지를 물어보게 되는 나이, 30대.

그녀들은 평생 묻고 또 물어야 할지도 모를 이 질문에 대한 답을 찾기 위해 먼 여행을 떠나왔다고 했고, 나 역시 그러했다. 우리가 무슨 이야기를 했는지 기억조차 나지 않을 정도로 많은 대화를 이어나갔다.

확실하게 기억에 남는 건 그 시간이 참 따뜻했다는 것이다. 솔직히 여행을 한다고 해서 해결책을 찾게 되는 것은 절대 아니다. 그렇지만 분명한 건 길 위에서 만난 우리는 서로를 위로하고 위로 받았다는 사실이다. '나 혼자 길 위에 덩그러니 놓여있는 것은 아니라는 것', '나 혼자 힘든 것은 아니라는 것' 그것만으로도 충분했다. 세상에서 가장 좋은 위로는 다름 아닌 '공감'이었다.

"꼭 행복하세요!"

그리스 아테네의 레스토랑에서는 악사들이 연주하는 광경을 흔하게 볼 수 있다. 노천카페 주위를 배회하며 공연을 펼치기도 하고, 레스토랑 한 켠에 자리를 잡고 연주를 하기도 한다.

아테네에서의 마지막 날 저녁, 우리는 음악소리에 이끌려 한 레스토랑에 들어갔다. 작은 공간의 모퉁이에서 세 남자가 빚어내는 탱고 선율, 그들의 음악 한가운데 빨간 투피스 정장에 빨간 플로피햇으로 멋을 낸 할머니의 춤이 어우러져 보통의 레스토랑을 특별한 어떤 공간으로 만들어 내고 있었다.

멋지게 차려 입고 홀로 춤을 추는 할머니. 그녀는 멋있어 보였지만 한편으로 고독해 보였다. '왜 혼자 이곳에서 춤을 추고 있는 걸까?' 문득 난생 처음 본 할머니의 인생이 궁금했다. 그녀의 젊은 시절은 그녀가 입고 있는 빨간 투피스만큼이나 찬란했을 것 같다. 괜찮은 남자들도 여럿 만났을 듯하다. 결혼은 했을까? 자녀는 있을까? 어쩌면 가족이 없어 이 저녁 시간에 혼자 레스토랑에 온 것인지도 모르겠다. 아니면 사별한 것일까?

그런데 춤을 추는 그녀의 모습은 뭐랄까, 더러 쓸쓸할지라도 자신의 인생을 후회하는 것 같지는 않았다. 삶을 즐길 줄 아는 여유가 몸짓에 배어 있었다. 춤사위는 달고 쓴 인생을 이야기했다. 그녀의 육체는 한 편의 짧은 시를 쓰고 있었다. 격렬한 열정과 깊은 슬픔, 자유로움, 혹은 구속에 대해…. 그녀는 춤을 췄고 나는 그저 바라보았지만, 그 순간 우리는 공감과 유대의 짧은 연애를 했다. 박수치는 나를 꼭 끌어안으며 속삭였던 그녀의 한마디가 그 증거일 것이다.

"꼭 행복하세요!"

그 상황은 비현실적이었다. 영화 속 한 장면에 내가 앉아있는 느낌이었다. 그녀가 건넨 한마디는 마치 주술적 힘과도 같아서, 이따금씩 삶이 외로워질 때 나는 그녀의 춤과 음성을 떠올려 보곤 한다.

"꼭 행복하세요."
"꼭 행복할게요."

헤어 나오고 싶지 않은 꿈, 산토리니

'산토리니'는 단어 자체만으로도 '파랑'을 불러일으킨다. '산토리니'라고 소리 내 불러 보면 마치 새파란 바다가 흘러넘치고 있는 듯한 착각이 든다.

산토리니는 '이아'와 '피라'마을로 이루어져 있는데, 두 마을은 푸른 절벽에 떨어질 듯 말듯 빼곡하게 서로를 맞대며 자리하고 있다. '이아'와 '피라'는 두 소녀의 우정을 담은 단편영화의 제목 같기도 하고, 자매이름 같기도 했다.

우리는 잔망스러운 이 장소에서 남매와 같은 재원과 희락을 만났다. 어쩌면 여행을 떠나지 않았더라면 만나지 못했을, 전혀 다른 세계에 사는 20대의 재원과 희락. 넷은 여행지에서 만났다는 이유만으로도 금세 친해졌고 같은 숙소에 묵게 되었다. 우리가 지냈던 민박집은 풍채 좋은 아버지와 사랑스러운 두 딸이 운영하는 곳이었는데, 가족이 함께 펜션을 하며 오순도순 사는 모습이 부러웠다. 게다가 이렇게 아름다운 바닷가 앞이라니…. 넷이서 같이 여기 살았으면 좋겠다는 말을 수백 번도 더 했다. 외딴섬에서 마음 맞는 사람들과 펜션을 운영하며 사는 것, (막상 살아 보면 심심해서 안달이 나 이 섬을 빠져나갈 궁리만 했을지도 모르겠지만) 누구나 한 번쯤 꿈꿔봤음직한 판타지다. 비록 이루어질 수 없는 꿈이라 할지라도 그 환상적인 꿈은 일상의 고단함에 작은 위로를 건넨다.

봄날의 산토리니는 이제 막 겨울잠에서 깬 듯했다. 산토리니 사람들은 곧 다가올 성수기 준비로 분주했다. 알록달록 페인트를 칠하고, 정원을 가꾸고, 레스토랑들은 새 단장을 했다. 그 가운데 우리는 마을 어귀 아무 데나 앉아 사람들이 지붕꼭대기에 페인트칠하는 모습을 하릴없이 바라보다가, 어슬렁어슬렁 골목을 배회하다가, 카페에 앉아 햇빛을 한 몸에 받으며 커피를 홀짝이다가, 배가 고프면 몇 개 안 되는 문을 연 레스토랑에 가서 식사를 했다.

할 일 없음이 이곳에서의 유일한 할 일이었다. 이 시공간 속에서만큼 나는 그냥 나였다. 아이템에 시달리는 나도 아니었고, 섭외전화에 전전긍긍하는 나도 아니었으며, 화낼 곳이 없어서 이불을 뒤집어쓰고 버럭 소리를 지르던 나도 아니었다. 어떤 수식어도 필요 없는, 절대적으로 행복한 나였다.

영화 〈천국의 속삭임〉에는 시력을 잃고 절망하는 아이가 나온다. 빛깔이란 게 어떤 건지 너무 궁금했던 아이는 다른 아이에게 물었다.

"친구야, 파란색은 어떤 느낌이야?"
"어... 자전거를 타고 다닐 때 네 얼굴을 스치는 바람. 그런 바람과 같은 느낌이야."

자전거를 타고 달릴 때 마주한 스쳐가는 파란 바람이, 에게해 위를 천천히 지나간다. 파랑을 닮은 바람은 이곳이 천국이라고 속삭였다. 나무늘보처럼 바다에 기대어 꿈을 꾸었다. 영영 헤어 나오고 싶지 않은 꿈을 꾸었다.

이곳에선 사랑하고 싶어라

세계에서 가장 아름다운 바Bar로 손꼽히는 산토리니의 프랑코스바에는 그리스가 낳은 세계적인 성악가의 이름을 딴 '마리아 칼라스 칵테일'을 판다. 그리스의 보석과도 같은 마리아 칼라스. 산토리니에 있는 내내 그녀의 음악을 들었다. 풍부한 색채를 지닌 칼라스의 목소리는 무한한 소리를 가진 악기로 칭송받는다.

마리아 칼라스의 음악만큼이나 유명한 것은 그녀의 '사랑'이다. 비극적으로 마감한 마리아 칼라스와 오나시스의 러브스토리. 20대 때는 마리아 칼라스의 격정적인 사랑에 끌렸는데, 30대가 되면서부터는 이상하게도 마리아 칼라스와 오나시스가 만나기 전, 마리아 칼라스의 첫 남편인 메네기니에게 마음이 갔다.

신인이었던 마리아 칼라스의 재능을 발견함과 동시에 자신이 그녀와 사랑에 빠졌음을 깨달은 이탈리아의 부호 메네기니. 그는 모든 것을 내려놓고 그녀의 매니저를 자처했다. 이내 두 사람은 많은 나이차에도 불구하고 결혼했고, 천부적인 재능과 메네기니의 지원이 시너지효과를 내며 마리아 칼라스는 일약 세계적 스타로 떠오른다. 정점의 그녀는 운명과도 같았던 오나시스를 만나게 되면서 메네기니 곁을 떠났다. 그러나 메네기니는 마리아 칼라스를 놓지 않았다. 마리아 칼라스 사후, 그녀의 유품이 경매에 나오자 거의 모든 것들을 사들였고 기념관을 추진하다 생을 마감했다.

사랑의 종말은 보통 배신과 함께 온다. 대개 한 사람의 일방적 배신으로. 그러나 보통의 상식과 달리 메네기니는 배신이 아닌, 자신이 선택한 사랑을 끝까지 지켜냄으로써 상처를 극복했던 것 같다. 메네기니는 말했다. "나는 마리아를 위해 살았고, 내 삶의 대부분을 그녀를 위해 헌신했으며 한결같이 그녀를 사랑했다. 이제 나는 그녀와의 추억을 지키는 것이 내 임무라고 생각한다."

숭고한 사랑은 우리를 감동시킨다. 아마 메네기니의 사랑엔 어떤 중심이 굳건히 서 있었기 때문일 것이다. 내 생애 이 사람만을 사랑하리라 마음먹었기에 상대가 어떤 모습으로 변할지라도 그 다짐이 변치 않을 수 있었으리라.

메네기니와 달리 유약한 나는 세속의 유혹에 끊임없이 흔들렸다. 스스로는 절대 그런 위대한 사랑은 못할 것 같다고 하면서 정작 그런 사랑을 받고 싶어 하는, 한없이 이기적인 존재가 나였다. 그럼에도 불구하고 산토리니 바다를 보고 있노라면 나도 모르게 메네기니처럼 위대한 사랑을 맹세하고 싶어진다. 진부하지만 영원한 사랑, 변치 않을 사랑을. 이곳이 아주 오래전부터 신혼여행지로 사랑받는 이유는 바로이 지점에 있었다. 형언할 순 없지만 이상하게 사랑에 빠지게 만드는 곳, 산토리니. 이 섬이 눈부신 이유는 '사랑' 때문이었다.

결혼, 수많은 약속의 다른 이름

한 레스토랑에서 늦은 저녁을 먹던 중 우리 옆 테이블에 앉은 커플과 잠시 이야기를 나누게 됐다. 미국에서 온 부부였는데 남편은 프로듀서였고, 아내는 CNN 기자라고 했다. 물론 우리가 CNN에 비할 바는 못 되나 동종업계 사람을 만났다는 게 흥미로웠다.

두 사람은 결혼 7주년을 기념해 그리스로 여행을 왔다고 했다. 남편은 결혼기념일마다 아내가 원하는 여행을 하겠다고 약속했고, 7년째 이를 지키고 있었다. 함께 정기적으로 여행을 한다는 것도 부러웠지만, 무엇보다 선망의 대상이 됐던 것은 자신이 한 약속을 지키기 위해 노력하는 남자의 모습이었다.

부부가 일 년에 한 번씩 둘만의 여행을 가기란, 어찌 보면 쉬운 일 같지만 쉽게 지킬 수 있는 약속이 아님을 나중에 결혼을 하고 나서야 알았다. 시간, 금전, 마음의 여유, 자녀가 있을 경우 아이들까지 다양한 일상의 합의가 이루어져야 떠날 수 있다. 때문에 아내와의 약속을 단 한 번도 거스르지 않고 지켜 온 남편의 모습은 근사했다.

결혼이란 수많은 '약속'의 또 다른 이름이다. 그 약속은 한 사람을 신뢰하고, 그 믿음으로 서로에게 자유와 족쇄를 채우는 일이기도 하다. 결혼을 통해 서로에게 맹세하는 수많은 약속들은 결국 사랑의 또 다른 이름이자 달콤한 구속이다.

하지만 찬란했던 약속도 지켜지지 않으면 한낱 물거품에 지나지 않는다. 그렇기에 약속을 지키기 위해 노력하는 모습이 약속 자체보다 더 아름답다. 사랑 역시 사랑 그 자체보다도 사랑을 지켜나가기 위한 헌신과 희생이 눈부신 것 아닐까. 모든 아름다움은 그냥 나오는 법이 없다. 오랜 시간 공들인 수많은 노력의 산실이 바로 우리네 사랑이었다.

시간의 노예가 아닌 주인이 되는 순간

　　일반적으로 아침 일찍 문을 두드리는 '똑똑똑'은 좋지 않은 징조다. 산토리니와 아쉽게도 작별해야 하는 마지막 날 아침. 이른 시간 세차게 방문을 두드리는 소리에 잠이 깼다. 이유인즉슨 선박 파업으로 모든 배들이 운행을 중단했다는 것이다. 언제 재개될지는 아무도 모른단다.

이때 처음으로 그리스의 경제 위기를 실감했다. 그 당시 그리스는 국가 파산 직전이었고 텔레비전에서는 하루가 멀다 하고 회사들의 파업과 인출을 위해 은행 앞에 줄지은 인파가 보도될 때였다. 뉴스와 달리 우리가 실제로 만난 그리스는 너무나 평온했고 일상적이었다. 오히려 이 나라가 위기 상황에 처해 있는 것이 맞는지 갸우뚱했던 것도 사실이다. 이런 우리를 비웃기라도 하듯 선박 파업이라니. 차선책으로 페리가 아닌 비행기도 알아봤지만 이날은 비행기도 운항을 안 한단다.

그런데 이상하게도 파업으로 오도 가도 못 하게 된 이 상황이 전혀 짜증나지 않았다. 물론 계획이 틀어졌기에 약간의 걱정은 있었지만 그것은 작은 기우에 불과했다. 오히려 이 섬에 머무를 빌미가 생겼다는 것이 내심 기뻤다. 자발적 체류가 아닌 불가항력적 상황에 의해 산토리니에 발이 묶이게 된 것이 한편으론 재미있었다.

언제 무슨 일이 생길지 모를 무정형 여행이 장기화되면서 어느새 부정을 긍정으로 바꿀 수 있는, 상황을 다른 측면에서 바라볼 수 있는 여유가 생겼다. 세상은 참 얄궂어서 절대 내가 계획한 시간대로 흘러가지 않는다. 그렇기에 전전긍긍할 필요도 없다. 시간의 변화무쌍함과 상관없이 그 시간을 내 것으로 만들 수 있는 요령만 있으면 그만이다. 비로소 나는 시간의 노예가 아닌 시간의 주인이 된 듯한 해방감이 들었다. 드디어 매일매일 짜놓은 시간대로, 정해진 계획대로 살아왔던 일벌레의 시계가 고장 난 것이다. 이 상황을 아는지 모르는지 잔잔하기 이를 데 없는 산토리니의 바다를 물끄러미 바라보며 우린 이야기했다.

"뭐 어때... 내일이든 언제든 페리가 뜨긴 뜨겠지.
그런데 산토리니라면 영영 이 섬에 갇혀 버려도 행복하지 않을까?"

이 날 산토리니의 봄바다는 햇빛이 반이었다.

여행이란 '쉼표'가 주는 힘

한 달의 여행을 끝내고 집으로 돌아왔다. 늘 그렇듯 집은 나를 반겨 주었다. 여전히 같은 모습으로. 하지만 집안의 공기는 달라져 있었다. 아니 내가 내쉬는 숨이 달라졌다. 쉼의 시간들이 새로운 숨을 만들어 내고 있었다. 답답하게만 느껴졌던 내가 사는 도시에 숨통이 트였다.

아이러니하게도 일상이 싫어 여행을 떠났는데, 여행에서 돌아오면 일상이 좋아진다. 익숙한 공기, 편안한 침대, 늘 먹던 음식, 매일 오가는 길⋯. 지겹기만 했던 패턴이 편안함으로 바뀌는 역설, 그것이 여행의 힘이다.

예전에 한 피아니스트를 만난 적이 있는데, 그는 음악은 '음'으로만 만들어지는 것이 아니라고 했다. 음악의 화룡점정은 '쉼표'에 있다고 했다. 악보에서 확연하게 존재감을 드러내진 않지만 중요한 역할을 하는 것이 '쉼표'다. 그 이야기를 듣고 보니 음과 음 사이에 쉼표가 없다면 어떤 소리가 날지 상상조차 되지 않았다. 연주자 입장에서도 쉼표가 없다면 굉장히 힘들 것이다.

쉼표에 의해 아름다운 음악이 완성되듯, 매일매일 무언가를 연주해야 하는 우리 삶에도 쉼표가 필요하다. 이번 여행은 내 삶의 쉼표와 같은 것이었다. 그 쉼이 주는 힘으로, 다시 삶이란 음악을 연주할 것이다. 멈췄던 음표들이 활발하게 움직이기 시작했다.

우리가 다시 여행을 떠나는 이유

긴 여행을 다녀온 후, 우리의 대화에는 여행에서 있었던 일, 여행에서 만났던 사람, 여행에서 먹었던 음식 등 여행에 대한 이야기가 부쩍 많아졌다. 되짚어 보니 어느 한순간도 소중하지 않은 시간이 없었다.

여행은 그 자체로도 행복을 주지만, 여행을 기대하거나 여행을 기억하는 순간 더 큰 빛을 발한다. 낯선 곳에서 느낀 근사한 순간이 흐른 뒤 우리는 그때 정말 행복했었다며 추억을 되새김질한다. 그리고 그 짧음에 아쉬움을 느껴 다시 여행을 떠난다.

한 달의 여행이 우리에게 준 선물은 그 무엇으로도 바꿀 수 없는 것이었기에, 다음 여행을 위해 한 달에 10만원씩 둘만의 여행 적금을 시작하기로 했다. 지금 바로 떠나지 않더라도 두 번째 여행지를 이야기하는 것만으로도 즐거웠고, 그건 이따금씩 찾아오는 일상의 지루함과 비루함에 위로가 됐다. 삶이 재미없고 시시해도, 더러는 걷어차 버리고 싶을 정도로 구차하고 치사해도, 나에겐 언제든 같이 여행을 떠날 수 있는 친구가 있다는 것이 든든했다. 일종의 보험을 든 기분이었다. 그렇게 나는 이번 여행을 통해 인생을 재미있게 살 수 있는 나만의 비밀병기를 갖게 됐다.

내 삶의 이유는

결국 나였음을

치열했던
봄과 여름의 간이역에서

결혼과 싱글의 어느 중간 지점

그러니까... 내가 결혼을 했다. 누구나 그러하듯 '결혼'이란 것은 내게도 굉장히 어려운 단어였다. 사랑해서 결혼한다는 것은 딱히 설명할 말이 없어서 내뱉는 만사형통어 같은 것인지도 모르겠다.

내가 결혼이 가장 하고 싶었을 때는 전셋집 계약 만료 즈음이었다. 부모님으로부터 독립한 스무 살 이후 10년 넘게 서울이란 땅에서 월세와 전세를 전전긍긍했던 나는 이사에 지쳐 있었다. 처음엔 이 동네 저 동네 살아보는 재미도 있었지만, 이사 비용과 그에 따른 스트레스가 훨씬 컸다.

때로는 어떤 이의 인생 최종 목표가 될 만큼 대한민국에서 내 집 마련은 말 그대로 '하늘의 별 따기'다. 물론 결혼할 누군가와도 내 집이 아닌 전셋집에서 살 확률이 높겠지만, 이 짐을 혼자가 아닌 둘이 지는 게 나을 거라는 착각에 빠져 결혼이 하고 싶었던 것이다. 그것은 2년에 한 번씩 찾아오는 일종의 병이었다. 짧은 열병처럼 그 시기가 지나면 결혼에 대한 욕망은 이내 잦아들었다. 단순히 집이 이유였으니 원점으로 돌아가 보면 나는 결혼, 즉 누군가와 함께 사는 삶을 절실히 원했던 것은 아니었다. 또한 돌이켜 생각해 보면 그것은 결혼을 쉽게 여긴 치기어린 오만함이었다.

그런데 어쩌다 내 기준으로는 좀 빨리 결혼을 했다. 문득 정신을 차리고 보니 나는 누군가의 아내가 되어 있었다. 남편의 집요한 설득과 추진력이 없었다면 지금쯤 우린 어디에 있을지 모르겠다. 결혼식을 치를 때까진 준비하느라 정신이 없었다. 하지만 파티가 끝나고 나니 갑자기 무서워졌다.

"잘 살 수 있을까?"

신혼에 대한 단꿈보다는 몹쓸 두려움과 걱정이 엄습해 왔다. 싱글로 살아온 10년이란 세월의 무게는 무시무시한 것이었다. 게다가 혼자 일하는 시간이 많고 한 곳에 적을 두기보다 다양한 프로그램을 오가는, 종영 후엔 여행을 떠나곤 했던 삶의 방식은 결혼이란 제도에 어울리지 않는 옷이었다. 무엇보다 내 공간이 중요했던 나에게 타인과 한 공간에서 같은 공기를 마시며 산다는 것에 숨이 막혔다. 정착과 유랑의 간극은 이토록 큰 것이었다.

이제 와서 말도 안 되는 걱정을, 통념상으론 결혼 전에 했어야 하는 고민을 하기 시작했다. 나도 안다. 이게 얼마나 바보 같은 짓인 줄을. 고맙게도 남편은 서운함을 표하기보다 나를 이해하려 노력했다. 결혼 전에 왔어야 할 '메리지 블루Marriage blue'가 뒤늦게 찾아온 것일 뿐이라며 나를 다독였다.

다행인지 불행인지 내겐 두 달의 시간이 주어졌다. 겨우 신혼집을 전세로 구했는데 두 달 후에나 입주가 가능하다는 것이었다. (이럴 땐 전세난이 고맙기도 하다.) 여타 부부들과 달리 우리는 결혼을 하고도 두 달을 떨어져 살게 됐고, 나는 어떻게든 이 시기를 미친 듯이 재미나게 보내고 싶었다.

마지막 발악이었다. 혼수도 준비해야 했고 써야 할 원고도 산적해 있었으며, 주변 정서상 이제 막 결혼한 여자가 남편을 두고 여행을 간다고 하면 달가워하지 않을 것임도 알고 있었지만, 나는 유부녀와 아가씨의 어떤 중간 지점에 느낌표 하나 정도는 찍고 싶었다.

미나를 꼬드겼다. 여행 적금을 털어서 짧게라도 바람을 쐬고 오자고. 굳이 콘셉트를 정하자면 '짧은 소풍!'이랄까.

그렇게 유부녀가 되었음에도 유부녀가 되기를 한사코 거부하는 한 여자와 떠나자는 말에는 무조건 오케이부터 하는 자유로운 싱글녀는 다시 배낭을 멨다. 나에게는 가깝고도 먼 결혼에 대한 재정립이 필요했다. 이번 여행지는 가깝고도 먼 나라 일본이다.

약속이란 것은 아름다우면서도 무거운 것이었다.

사랑보다 지혜가 필요한 결혼

초여름에 찾은 일본이란 열도. 그 가운데 청수사는 단어만으로도 가슴 시원해지는 장소였다. 찬란한 햇빛 아래 무성한 초록 이파리들에 둘러싸인 청수사는 780년, 나라奈良에서 온 엔친 스님이 세운 사찰이다. 이곳에서 가장 놀라웠던 것은 절을 짓는데 못을 전혀 사용하지 않았다는 점이다. 가로, 세로로 끼워 맞춘 나무 기둥이 건물을 지탱하고 있다는 것이 경이롭게 느껴졌다.

그래서인지 뾰족함 하나 없는 이 사찰이 다른 사찰들보다 유독 편안하게 다가왔다. 날카로운 것 없이 둥글둥글한 것들로만 이루어진 이 장소가 참 마음에 들었다. 커다란 나무로 맞춰진 널찍한 대청마루에 누워 있노라면 무릉도원이 따로 없었다.

발끝에 열린 문 사이로 바람이 오가고 햇볕이 드나들고 있었다. 그렇게 한동안 우리는 대자로 누워 바람의 떨림과 햇살의 머무름을 즐겼

다. 그 순간 모든 것이 평화로움으로 일시 정지가 됐다.

청수사 본당을 나와서 조금만 걸어가면 세 물줄기가 나오는 작은 폭포가 보이는데, 유독 이곳에만 많은 사람들이 모여 있다. 청수淸水는 '성스러운 물'이란 뜻으로 엔친 스님이 이 폭포를 발견하고 절을 창건했기 때문에 붙여진 이름이다. 세 물줄기는 왼쪽에서부터 각각 지혜, 사랑, 건강을 뜻하며, 이 중 원하는 물을 마시면 소원이 이뤄진다는 전설이 내려온다. 세 물줄기 중 하나만 선택해 마시라고 한 연유는 어쩌면 욕심을 버리란 뜻도 깃들어 있지 않았을까 싶다.

세 물줄기 가운데 미나는 '사랑'을, 나는 '지혜'의 물을 마셨다. 결혼생활을 하고 보니 그날 사랑보다 지혜의 물을 마시길 잘했다는 생각이 들었다. 싱글인 미나에겐 사랑이 필요했겠지만, 현실로 점철된 결혼생활에선 사랑보다 지혜가 필요한 순간이 훨씬 더 많다. 물론 범인凡人인 나는 지혜롭게 넘기지 못하는 상황을 부지기수로 만들었지만, 그럼에도 현명함이 필요한 순간이 올 때면 청수사에서 마신 지혜의 물을 마음속으로 한 움큼 마셨다. 그러면 마음이 조금은 청신해지는 것도 같았다.

작지만 확실한 행복, 마루젠&준쿠도 서점

"봄날의 곰만큼 네가 좋아!"

내가 무라카미 하루키를 좋아하는 첫 번째 이유는 나의 청춘이기 때문이다. 풋풋했던 여고시절, 첫사랑과 난 『상실의 시대』를 서로에게 선물하며 책 페이지에 담긴 낯간지러운 문장들을 서로에게 고백하듯 보냈다. 무라카미 하루키의 문장들을 빌려 마음을 이야기했던 것이다. 지금 생각하면 피식 웃음이 나는 유치찬란한 사랑놀이였지만, 그때는 나름 진지했으며 곱씹어 생각해 보면 내 생애 가장 순수했던 가식 없는 애정표현이었다.

연애소설로만 생각했던 『상실의 시대』를 20대에 꺼내들었을 때, '상실'이란 단어가 좀 더 내 마음에 들어왔다. 많은 이들이 그러하듯 첫사랑은 이미 끝났으며, 부모로부터 받기만 했던 성장기를 지나 처음 사회라는 거대 장벽을 마주하면서 인간이란 고갈 혹은 퇴화되어 상실

될 수밖에 없음을 알았다. 자존심도, 인간성도, 가치관도 상실될 가능성을 가진 것들이 참 많았고 사랑 역시 여기서 비켜 갈 수 있는 단어가 아니었다.

30대에 이 책을 펼쳐 들었을 때는 상실 그 후에 찾아오는 허무함을 알게 되었다. 사랑과 상실, 허무로 가득한 『상실의 시대』…. 그럼에도 불구하고 나는 이 책을 떠올리면 첫사랑이 가장 먼저 떠오른다. 무엇이든 첫 경험이 강렬한 것이니까.

내가 무라카미 하루키를 좋아하는 두 번째 이유는 그가 만들어 낸 주인공들의 라이프스타일 때문이다. 요즘 유행하는 작지만 확실한 행복, '소확행小確幸'은 그의 초기작에서 나왔다. (무려 30여 년 전에 트렌드를 예감한 작가라니.)

그들은 혼자 있기를 좋아하고, 클래식과 재즈를 즐겨 들으며, 간단한 재료로 파스타를 요리해 먹고, 건강을 위해 달리기를 한다. 달리기만큼 온전히 혼자 즐길 수 있는 운동도 없다. 타인의 시선에 크게 신경쓰지 않으며, 크게 외로워하지도 크게 기뻐하지도 않는 담담한 성격을 가진 주인공들이 마음에 들었다.

무미건조해 보일 수도 있는 그들이 행복해 보였던 건 책 내용처럼 '이

렇게 작지만 확실한 행복'이 있었기 때문이다. 그것이 내겐 여행이었고, 이번 일본 여행을 계획하면서 소확행의 일환으로 일본어판『상실의 시대』를 구매하리라 마음먹었다. 물론 일본어 수준이라고는 히라가나만 읽을 줄 아는 정도지만 그냥 내 책장에 꽂아 두고 싶었다. 일종의 지적 허영심이랄까. 때때로 책은 읽는 것이 아니라 보는 것만으로도 행복할 때가 있다. 다 읽지 않았기에 완벽히 내 것은 못되었지만, 언젠가 내 것으로 만들고 싶은, 나만 소유하고 싶은 그런 책들이 있다.

지적 허영심을 좀 더 완벽하게 채우고자 안도 다다오가 설계한 것으로 유명한 마루젠&준쿠도 서점에서 이 책을 사기로 했다. 세계적인 건축가의 작품이기에 엄청 화려할 것이라 기대한다면 실망할 수 있다. 오히려 너무 단순해서 처음엔 왜 이 서점이 유명한지 고개를 갸우뚱 할 수도 있지만, 그래서 더 완벽하게 책을 위한 공간이기도 하다. 군더더기 하나 없이 서점의 기능을 살린 내부는 마치 도서관을 연상케 했다.

간혹 책이 아닌 장식이나 인테리어가 주인공으로 느껴지는 서점이 있는데, 이곳은 오직 책이 주인공이어서 좋았다. 수많은 책들이 참 잘 어울리는 자리에 위치하고 있었다. 어떻게 하면 책이 돋보일 수 있을까를 고심한 흔적이 역력했다.

꼭 맞는 자리에 앉은 수많은 주인공들 가운데, 무라카미 하루키의『상실의 시대』일본어판을 골랐다. 책을 집어 든 순간 나는 '소확행', 그야말로 작지만 확실한 행복을 누렸다. 이 책을 두고두고 보는 것만으로도 행복했다.

사소한 나날들의 행복이란

눈 내린 온천마을에서 일어나는 조용한 러브스토리, 가와바타 야스나리의 소설 『설국』의 주요 배경은 일본의 전통 숙박시설인 료칸이다. 이 책을 읽은 후 료칸에 대한 동경이 생겼다. 작가가 그려낸 료칸의 이미지가 비현실적이면서도 신비롭게 다가왔다.

일본식 정원, 다다미방, 화려함의 극치를 보여주는 가이세키 만찬…. 에도시대부터 이어진 일본 고유의 문화를 실제로 마주하면 어떤 기분일까. 완전한 고립이야말로 역설적으로 무한한 자유를 선물하기도 한다. 나는 저 멀리 외딴곳에 자리한 료칸에서 나만의 내적 자유를 누려보고 싶었다.

교토 외곽의 지하철역에서 내려, 다시 송영버스를 타고 구불구불 오르막길을 오르고 오르면 전혀 건물이 들어설 수 없을 것만 같은 자리에 료칸이 다소곳하게 고개를 내민다. 마치 소수의 사람들만 아는 비밀의 숲에 당도한 느낌은 덤이라면 덤이다. 이곳에선 중간에 나가고 싶어도 나갈 방법이 없을 것 같았다. 자발적으로 나 스스로를 가둔 셈이다. 아이러니하게도 한 걸음도 나갈 수 없는 이곳에서 나는 자유로움을 느꼈다.

도착한 순간부터 배어 나오는 고택의 향기에, 내 코끝은 료칸의 운치를 알아차렸다. 기대했던 대로 모든 것이 환상적이었다. 고즈넉한 다다미방에 머무르며, 계곡이 흐르는 정자에 앉아 잘 차려진 정식을 먹고, 게이샤 공연을 관람하고, 달빛을 받으며 온천을 하는 일련의 상황들은 21세기가 아닌 에도시대의 어느 중간 즈음에 머무르고 있는 착각을 불러일으켰다.

더불어 너무 친절한 사람들, 너무 맛있는 음식들, 너무 좋은 풍경들, 너무 편한 서비스…. 과연 이런 곳이 세상에 또 있을까. 너무 좋아서 너무한, '너무'라는 말을 지나치게 남발할 수밖에 없는 장소였다.

칠흑 같은 밤, 유일한 소리는 바람결뿐이었던 그곳에서 유카타를 벗어 던지고, 별빛에 일렁이는 온천에 몸을 담근 채 수면 너머로 보이는 숲을 마주했다. 물끄러미 창밖을 바라보고 있자니, 토미오카 다에코의 〈새살림〉이 떠올랐다. "당신이 홍차를 끓이고/ 나는 빵을 굽겠지요(중략)/ 붉게 물든 달이 떠오르는 것을 보고서야/ 그것으로 그뿐,(후략)."

'진심', 그러니까 진짜 나의 마음은 편안함을 느낄 때 가장 먼저 나오는 감정의 이름일 것이다. 온전한 자유를 느껴보겠다며 이곳까지 찾아온 나는 이 안락함 속에서 사랑의 시를 떠올렸다. 마당이 있는 작은 집, 그 안에서 아내는 빵을 굽고 남편은 홍차를 끓이는 장면은 상상만 해도 평화롭다. 결혼이란 것은 '구속'보다는 '편안함'에 좀 더 가까운 단어라는 생각을 이날 처음 하게 됐다.

료칸에서의 하룻밤은 완벽한 고립 속에서 완벽한 자유를 느낌과 동시에, 결혼이란 정해진 제도의 틀 안에서 내 스스로 자유로워질 수 있는 무엇을 찾아낸 시간이었다. 살아 보니 결혼이란 것은, 토미오카 다에코의 시처럼 사소한 일을 함께 나누고 사소한 생각을 공유하는 일이었다. 때로 악을 쓰고 미워죽겠다가도 손을 내밀면 마주 잡을 수 있는 말 없는 친밀함 역시 결혼의 진짜 얼굴이었다. 사소한 친밀함의 나날들은 켜켜이 쌓여 그와 내가 인생의 어려움을 극복할 수 있는 다리가 되어 줄 것이다.

'화'는 내일로 미루자

　　나는 물건을 살 때 고민을 많이 하는 편이다. '내게 필요한
것인가'라는 근원적인 질문에서부터 시작해 디자인, 가격, 가치, 실용
성 등 이것저것 따지기 시작하면 끝이 없다. 가끔은 나조차 이런 내가
피곤하고 싫을 때가 있다. 하지만 뭐 어쩌겠나, 이게 나인 것을. 한 가
지 다행이라고 위안 삼는 것은 이리 살피고 저리 재는 탓에 충동구매
라든지 물건을 사고 후회하는 경우는 거의 없다.

이러한 기질은 여행이라고 해서 다르지 않다. 교토의 한 기념품 상점
에 들어갔는데 쿠션 하나가 눈에 들어왔다. 물론 당장 필요한 물건은
아니었다. 늘 그렇듯 한참을 고민했고, 그것도 모자라 직원에게 끝도
없이 질문을 해댔다. "진짜 핸드메이드인가요? 디자인은 이거 하나밖
에 없는 건가요? 혹시 이 문양이 상징하는 게 있나요? 세탁은 어떻게
하는 건가요?" 등등.

겨우 쿠션 하나 살 거면서 뭘 그렇게 물어보는지…. 나 같아도 이런 손님은 딱 싫을 것 같은데, 훈남 점원은 싫은 내색 한 번 하지 않고 응대해 주었으며, 사장님에게 전화까지 해서 세탁 가능 여부를 확인해 주었다. 짜증을 유발하는 까다로움에도 불구하고 끝까지 미소를 잃지 않았던 그는 뛰어난 정신력의 소유자임이 분명했다. 결국 나는 쿠션을 샀고 지금까지 내 의자 뒤를 지키고 있는 애정 아이템이 되었다.

여행 중 우리가 만난 대부분의 일본인들은 친절했다. 물론 그것이 의례적으로 나오는 스노비즘(고상한 체하는 속물근성)의 일환일 수도 있겠지만, 여행자로서는 감동할 수밖에 없었다. 일본에 대해 잘 알지는 못하지만 일본인은 화를 잘 내지 않는다는 인식이 어느새 내 머릿속에 각인되어 있었다. 여행 내내 어떻게 하면 저렇게 화를 내지 않을 수 있는지 비법이 궁금할 정도였다.

예전에 일본 장수마을을 다룬 다큐멘터리를 본 적이 있는데, 그들의 장수비결 1위는 '여유'에 있었다. 생각해 보면 우리가 때때로 삶이 힘든 건 화를 내고 기를 쓰고 애를 태우기 때문이다. 지나치게 열정적인 것도 화를 내는 이유가 되겠지만, 반대로 여유가 없다는 뜻도 될 것이다.

오늘 할 일을 내일로 미루는 것이 죄악시 되는 이 시대에, '화' 정도는 내일로 모레로 내킨다면 무한정 미뤄도 괜찮지 않을까. 화는 잠시 접

어두고 마음을 다독이며, 내 마음에 귀 기울이는 시간. 우리 모두에게
필요한 시간이다.

두려움이 빚어낸 완벽한 아름다움, 금각사

　　원래는 은각사를 가려고 했다. 이름에서부터 화려함이 느껴지는 금각사보다는 왠지 은각사 쪽이 끌렸다. 은각사는 1482년 아시카가 요시마사 쇼군이 금각사를 따라 만들다가 재정난으로 은을 덮어씌우지 못하고 이름만 남은 사찰이다. 완전하지 못한 것, 미완성이 주는 여백, 상상의 여지를 나는 사랑한다.

하지만 애초의 생각과 달리 어이없게도 한자를 헷갈린 탓에 버스를 잘못 탔고, 우린 정반대의 금각사에서 내렸다. 금각사 킨카쿠지金閣寺와 은각사 긴카쿠지銀閣寺를 제대로 못 본 탓이다. 게다가 은각사와 금각사는 은과 금의 거리만큼이나 정반대에 있었다. 결국 우리에게 은각사는 미지의 공간으로 남게 됐다.

여행을 할 때면 늘 예기치 않은 상황들이 발생한다. 그 예기치 않음이 때때로 불쾌할 수도 있고 무척이나 즐거울 수도 있는데, 이번엔 후자였다. 은각사면 어떻고 금각사면 어떠랴. 지금 즐거우면 그것으로 된 것 아닌가?

우리가 이 상황을 긍정적으로 받아들인 데에는 금각사의 자태도 한몫 했다. 은각사에게 미안하게도 금각사는 눈부시게 아름다웠다. 오후의 작렬하는 태양을 받아 금빛은 더욱더 찬란했고, 바로 앞 연못은 금각 사를 좀 더 깊은 모습으로 투영하고 있었다. 소설『금각사』에서 '금각 그 자체는 시간의 바다를 건너온 아름다운 배'라고 했던 미시마 유키 오의 표현에 수긍이 갔다.

소설『금각사』는 아름다움에 대한 극단적인 집착과 파멸을 다루고 있 다. 주인공 미조구치는 보잘 것 없는 외모와 선천적인 말더듬으로 고 독한 유년시절을 보낸 인물이다. 아버지로부터 "금각처럼 아름다운 것은 이 세상에 없다"는 말을 듣고 자란 그는 금각과 같은 절대미를 갈망하지만 그에 못 미치는 자신의 모습에 괴로워하다 끝내 우상을 파멸시킨다.

소설『금각사』는 인간이란 존재가 얼마나 불완전한지를 적나라하게 보여준다. 어쩌면 우리가 완벽한 아름다움을 찾는 것은 그만큼 불완 전하기 때문이기도 할 것이다. 금각사 역시 불안이 만들어 낸 소산이 었다. 1950년 한 사미승에 의해 불에 타 없어진 것을 1955년에 재건

〈금각사〉, 일본 교토

했다. 1950년은 일본이 패망 후 어수선한 시기였다. 불안의 시대가 빚어낸 어둠 속 달과 같은 존재, 금각사. 때로 불안의 덩어리들은 완벽한 아름다움을 만들어 낸다.

고흐 역시 동생 테오에게 보낸 편지에서 불안할 땐 더욱더 열심히 그림을 그렸다고 했다. 일단 그림을 그리기 시작하면 두려움이 잠잠해졌다고…. 고흐는 불안을 그림으로 승화시켰고, 소설 『금각사』의 주인공은 불안을 파멸로 표출시켰다.

승화와 파멸. 불안 앞에 무엇을 선택할지는 자신의 몫이다. 나는 고흐 같은 위대한 사람이 못 되기에 승화는 불가능한 일일 것 같다. 그렇다고 『금각사』의 미조구치처럼 자멸할 자신도 없다.

평범한 나의 선택은 불안을 삼키는 쪽이다. 컵에 든 물이 가득차서 넘칠까 불안할 때는 그 물을 좀 마셔버리면 된다. 마음에 두려움이 차올라 불안해질 때 내가 쓰는 방법이다. 두려움을 한 움큼 삼키고, 한 번 더 나를 믿어 보는 것이다. 그러다 보면 불안의 시대를 아름다움으로 딛고 일어선 금각사처럼, 자신을 온전히 믿고 나아간 고흐처럼, 그 어떤 상황에도 흔들리지 않는 단단한 나를 만날 수 있을 것이다.

길을 잃지 않는 방법, 후시미 이나리 신사

"잊지마. 우리 세계는 아주 특별하지. 오직 아름다움만 존재해. 그 자체로 살아 있는 예술작품이지."

게이샤 하면 떠올릴 수밖에 없는 영화 〈게이샤의 추억〉. 서양인의 시선으로 해석한, 지극히 남성적인 판타지가 가미된 묘사 때문에 스토리 자체를 좋아하지는 않지만, 어쨌든 이 영화로 인해 게이샤에 대한 흥미가 생긴 것은 사실이다. 기녀도 아내도 아닌 예술을 위해 사는 예술가, 예술을 파는 여자들. 단어 자체만으로도 호기심을 자극하기에 충분했다. 일본의 료칸과 교토 거리를 오가는 게이샤들을 보노라면 어떤 이유로 그녀들이 게이샤라는 직업을 선택하게 됐는지 궁금해진다. 사방으로 놓인 인생의 길 중 왜 이 길을 선택하게 되었을까.

영화 〈게이샤의 추억〉의 배경이 된 후시미 이나리 신사엔 아주 긴 길이 이어져 있다. 그리고 그 길 양옆으로 빨간색 도리이 4,000여 개가

〈후시미 이나리 신사〉, 일본 교토

입구부터 빼곡하게 줄지어 서 있다. 나는 출구 없는 이 길을 무작정 걸어갔다. 형형한 색깔 탓도 있었을 것이다. 귀신이 싫어하는 붉은색으로 만들었다는 도리이 사이를 걸으면 마치 미지의 길로 빠져 들어가는 것 같다. 그도 그럴 것이 도리이를 경계로 안쪽은 신의 영역이고 바깥은 인간의 영역이라고 한다. 영화 〈게이샤의 추억〉에선 어린 시절의 주인공이 도리이 사이를 뛰어다니는 장면이 나온다. 어쩌면 그 모습은 신과 인간, 기녀와 아내, 가인歌人과 범인凡人의 경계를 넘나드는 게이샤의 삶을 상징한 것일지도 모른다.

가끔은 한끝 차이의 경계선을 넘게 됨으로써 한 사람의 인생이 달라지기도 한다. 인생이란 참으로 얄궂다. 어디가 신의 영역이고 어디가 인간의 영역인지 모를 끝없는 그 길을 걸어가다 보면 나조차 과연 맞게 걸어가고 있는 건지 헷갈리기 시작한다.

대체 끝이 어디에 있는지 걸어가면서도 멈칫멈칫 서게 된다. 계속 걷다 보면 현기증이 일 것만 같다. 여행도, 인생도, 우리는 정해진 길이 정확한지 대조하기 위해 길을 나서는 것이 아니다. 그렇기 때문에 길을 잃을 수도 있고 헤맬 수도 있다. 이따금씩 그 길에 서 있는 내가 불안하기도 하지만 처음 가는 길을 잘 아는 사람이 과연 몇이나 될까. 그렇게 길을 걷다 보면 때때로 곳곳에 숨어 있는 나의 또 다른 모습이 베일을 벗고 다가오기도 하고, 더러 운이 좋으면 척박한 땅에서 발견

하게 되는 꽃처럼 예상치 못한 기쁨이 나를 기다리고 있을 때도 있다.

길을 잃지 않기 위해서 기억해야 하는 건 그 길에 대한 확신이다. 게이샤로서 예인의 길을 걷게 된 그녀들이 오랜 세월이 흐른 오늘날, 일본을 대표하는 문화가 될 수 있었던 것은 중심을 잃지 않았기 때문은 아닐까. 때때로 흔들릴지라도 '내가 가는 길이 정답이라 믿고 나아가는 것.' 내가 생각하는 길을 잃지 않는 가장 좋은 방법이다.

내 마음에 불쑥 침범한 게릴라를 만나는 순간

미국에서 시작된 게릴라 가드닝 운동에 대해 들은 적이 있다. 버려지고 비어 있는 도시 공간에 식물을 심어 정원으로 변신시키는 활동인데, 불쑥 공터에 침범해서 아름다운 정원을 만들어 놓고 사라져 버린다는 게릴라 가드너들의 이야기가 참신하게 느껴졌다.

가끔 '게릴라'처럼 우리의 마음을 침범하는 것들이 있다. 무심코 길에서 들은 음악 한 소절이나 차창 밖으로 바라본 풍경, 지나가며 듣게 되는 이야기가 마치 생각의 씨앗처럼 마음에 뿌리를 내려 오랫동안 머릿속을 맴돌 때가 있다.

비가 내리는 오후, 우산 하나를 나란히 쓰고 사이좋게 걸어가는 남자아이와 여자아이. 이 아이들에겐 아무렇지 않은 일상의 한순간이었겠지만 나에겐 그 모습이 참 정겹고 따뜻하게 다가왔다. 작은 우산 안에 들어오는 조그마한 몸, 앙증맞은 걸음걸이, 똑같이 입은 교복, 아이들

의 심장에 품은 수많은 꿈들, 모든 게 작기만 한 저 아이들은 나중에 어떤 모습으로 자라게 될까. 보기만 해도 흐뭇한 미소가 나오는 풍경이었다. 혹시나 잊힐까 카메라로 찍어두고 아이들이 사라질 때까지 한참을 바라보았다.

별것 아닌 사소한 것에 마음이 동했던 순간이었다. 아마 이런 정다운 모습은 한국에서도 만날 수 있었을 것이다. 다만 보지 못했을 뿐. 늘 발걸음을 옮기기에만 급급해 주변을 둘러보지 못했다. 그럴 여유가 없었다. 뭐가 그렇게 바빠서 앞만 보며 걸었을까. 그랬다. 나는 조금만 걸음을 늦추면 보이는 것들을 제대로 마주하기 위해 여행을 온 것이었다. 내 마음속에 잠재된 감동과 여유의 게릴라들을 만나기 위해서 말이다.

짧은 일탈 도모에 최적의 장소, 일본

아무 계획 없이 무작정 떠나 온 여행이었지만 가장 에너지 넘치게 돌아다녔고 가장 많이 웃은 시간이었다. 짧은 여행이라는 시간적 제한 때문에 더 열심히 다니기도 했고, 비교적 가까운 일본의 지형적 위치, 교토가 주는 편안한 풍경에 마음을 한껏 풀어놓을 수 있었다.

훌쩍 떠나는 여행의 매력이 무엇인지를 알게 된 여행이기도 했다. 꼼꼼하게 계획을 세우는 것도 좋겠지만 별 생각 없이 이곳저곳을 누비는 무정형이 주는 자유로움을 만끽한 순간이었다. 우리는 여전히 젊고 싱그러우며 재미있게 놀 수 있는 나이임을 확인한 시간이기도 했다. 내 경우엔 결혼을 막 하고 떠난 여행이어서 더 그렇게 느꼈을 것이다. 짧지만 강렬했던, 지루한 일상의 선물 같은 나날들이었다. 가까우면서도 이국적인, 편안하면서 낯선, 일본은 유부녀가 짧은 일탈을 도모하기에 더할 나위 없는 최적의 장소였다.

결혼의 이유, 그리고 삶의 수많은 이유

봄, 여름, 가을, 겨울 사계절이 있는 이유가 있고, 음악을 사랑하는 이유가 있고, 모든 별들이 자기 궤도를 지키는 이유가 있고, 도넛의 가운데 구멍이 뚫려 있는 이유도 있을 것이다.

도넛의 한가운데 동그랗게 구멍이 나 있는 이유는 빠른 시간 안에 고르게 잘 튀겨지도록 하기 위함이라고 한다. 가운데를 비워야 맛있는 도넛을 만들 수 있는 것처럼 우리 삶에도 둥글게 비워 둔 자리가 하나쯤은 있어야 하지 않을까.

내가 여행을 떠난 이유는 도넛처럼 동그랗게 비워 둔 자리에서 결혼의 이유를 찾고 싶어서였다. 여백의 공간에서 모든 것을 재정립하기 위함이었다. 결혼을 한 뒤 결혼의 이유를 찾아 나선 내가 미련해 보이기도 했지만, 그게 나라며 스스로를 위로했다. 솔직히 이런 구차한 변명보다는 일단 잠시 비켜 서 있고 싶었다는 게 맞겠다. 어마어마하게 바뀌게 될 삶의 변화를 최대한 미루려는 심산이었다.

친절한 사람들, 평화로운 분위기, 고즈넉한 료칸, 그런 편안함 속에서 내가 결혼을 하게 된 이유를 짚어 보게 됐다. 결혼의 이유는 아직도 명확히 잘 모르겠다. 굳이 한 가지를 꼽자면 그와는 대화가 잘 통했다는 것. '나는 이 사람과 늙어서도 즐겁게 이야기할 수 있을까?' 자문해 보았고, 내 대답은 '그렇다'였다. 지금도 그와 난 밤새도록 이야기를 나눌 수 있다. 대화는 하나의 이유지만 전체를 대변할 수 있는 근간 같은 것이기도 했다. 인생을 함께하는 시간 대부분을 채우는 대화의 역할은 부부관계에서 생각보다 큰 영향을 미친다. 세월이 켜켜이 쌓일수록 대화의 무게가 얼마나 큰지를 실감하게 됐다. '대화'라는 단하나의 장점이 나머지 숱한 단점들을 보완해 줄 때도 있다.

내게 대화가 통하는 동성 친구는 미나였는데, 비슷한 이성 친구를 한 명 찾았다고 생각하니 결혼의 무게가 조금은 가벼워진 듯도 했다. 나는 참 운 좋게도 평생 함께할 친구를 두 명이나 만난 것이다. 여행이 끝나갈 무렵, '결혼에 거창한 이유가 있을까. 이거 하나면 됐지 뭐…' 싶었다. 대화가 잘 통하는 사람, 별 거 아닌 일에 함께 웃어 줄 수 있는 사람, 그런 사람과 함께하고 싶어서 나는 결혼을 했던 것이다.

그렇다고 해서 내가 완벽한 결혼의 이유를 찾은 것은 아니다. 결혼이란 평생 공부는 지금도 하고 있는 중이다. 영원히 확실한 정답을 찾지 못할 수도 있다. 결혼뿐이랴. **삶이란 모든 이유를 하나씩 알아가는 여정이다.** 애써 빨리 정답을 찾으려 급급해할 필요도 없다. 굳이 다 알 필요가 없는 것들도 많다. 다만 정답을 알고 싶은데 도무지 모르겠어서 머릿속에 맴맴 소리만 맴돈다면, 훌쩍 떠나보는 것도 방법이다. 그곳이 어디든 내 마음이 동하는 곳으로.

다른 섬에 살던 그와 나는 공통의 지점을 향해 나아가고 있다.

내가 가는 길에

믿음을 쌓아 보려는 마음가짐

가을의 길목에
영글어진 마음이 있었다

일상의 찌꺼기를 버릴 수 있는 휴지통, 여행
feat. 이별 후 상처 극복하기

방송작가여서 좋은 점은 딱 한 가지다. 누군가를 처음 만났을 때 나를 소개하면 "어머 방송작가세요?"라는 말과 함께 내비치는 약간의 부러움과 신기함이 섞인 시선. 아마도 이것은 미디어에 소개되는 방송작가에 대한 포장 때문일 것이다. 고수익, 자유롭고 창조적인 성향, 연예인 친구, 한마디로 잘나가는 '도시여자'다.

하지만 대부분의 직업이 그렇듯 실상의 모습은 화려함과 거리가 멀다. 짧은 고수익의 기간, 프리랜서라는 허울 좋은 단어 뒤에 숨은 고용의 불안함, 창조에 가려진 개편 스트레스, 까다로운 연예인 비위 맞추느라 버린 지 오래된 자존심 등이 이 직종의 실체다. 그렇다고 내 직업 선택에 대해 후회한 적은 없다. 이 모든 단점을 덮어버리는 한 가지는 내가 써 내려간 글에 누군가는 울고 웃을 수 있음이 감사하기 때문이다. 하지만 그 무엇으로도 대신하기 힘든 단점이 있다. 그건 바로 고용 불안인데, 이는 비단 나뿐만이 아니라 고성장의 시대가 끝난 이래로 누구나 느끼는 불안함일 것이다.

"과연 이 직업을 얼마나 오래 할 수 있을까?"

선배들을 볼 때면 생각했다. '저 선배는 지금 몇 살인데 이런 프로그램을 하고 있구나….' 그들의 궤적을 보며 내 행보를 가늠해 보곤 했다. 물론 나이 들어서까지 이 일을 하는 사람들도 있지만 극히 일부에 불과하며, 대부분 과거 내로라하는 대작을 맡았던 분들이다. 시청률표 하나에 내팽개치는 방송계는 치열한 정글이다. 나에게 과연 그만한 능력이 있을까를 몇 번이나 곱씹어 보며 10년 넘게 이 일을 지속해왔다. 아니 버텼다는 것이 더 맞을 것이다.

10년의 세월만큼 방송계도 많이 변했다. 최첨단 고속의 시대를 사는 사람들은 새로운 것을 원한다. 방송은 이러한 시대적 흐름에 가장 빨리 부응해야 하는 매체다. 종편, 1인 방송 등 다양한 방송 채널이 생기면서 압박감은 더 커졌다. 예전에는 10년은 해야 장수 프로그램 소리를 들었지만 요즘은 1년만 가도 효자 프로그램이다. 몇 달을 공들여 론칭한 프로그램이 단 4회 만에 종영되는 경우가 허다했다.

그래서 나는 늘 프로그램을 두 개 이상 했다. 투잡을 해야만 행여나

한 프로그램이 끝나도 불안함 속에 허우적대지 않을 수 있기 때문이다. 무조건 두 개 이상을 쥐고 있어야 안심이 됐다. 두 개를 양손에 쥐고 삶의 균형을 맞추기 위해 노력했다. 물론 일을 많이 함으로써 얻는 수입의 안정성도 있지만, 무엇보다 프로그램을 만드는 것은 사랑에 빠지는 것과 비슷해서 한 프로그램에 너무 집중하다 보면 종영 시 후유증이 크다. 그 허전함 때문에 이별 후 다른 사람을 찾듯 다른 프로그램에 열정을 퍼붓곤 했지만, 때때로 그 적적함과 허무함이 오래 남아 힘들 때도 있었다. 최선을 다해 쏟아 부은 내 마음이 가련해질 때가 있다. 진한 사랑의 잔상이 괴로우리만큼 오래 기억되듯 말이다.

'최선을 다하되 100%는 주지 않을 것.' 일도 사랑도, 나는 이 원칙을 고수해 왔다. 설사 많이 줄지언정 적어도 나를 사랑할 여지만큼은 남겨 뒀었다. 나는 상처 받고 싶지 않았다. 겉으로는 세상 쿨한 척하면서 심히 안정을 지향하는 인간이었던 것이다.

하지만 평소의 신념과 달리 살다 보면 모든 걸 걸고 싶어질 때가 있다. 온 마음을 다해 열정을 쏟아 붓고 싶은 일이 불현듯 다가온다. 갑자기 전혀 다른 삶을 살아온 어떤 사람이 내 인생이 되듯 말이다.

방송작가 10년 차에 그런 기회가 왔다. 기획이란 것을 처음 해보게 됐다. 기존에 있던 프로그램에 투입되는 것이 아닌, 처음부터 끝까지 내가 기획해서 프로그램을 만드는 일, 무에서 유를 창조할 때 느끼는 쾌감은 그 무엇으로도 대신할 수 없는 짜릿함이 있었다. 이 프로그램 하나에 걸었던 시간이 1년 남짓. 다행히 반응은 좋았고 신선했다는 평가도 받았지만 시즌 2까지는 가지 못했다. 문제는 돈이었다. 시청률 대비 제작비가 너무 많이 든다는 것이 종영 이유였다. 자본 앞에서 일개 작가가 대항할 방법은 없다. 많은 프로그램이 돈으로 생기고 돈으로 없어진다. 투자대비 회수 가치가 적다고 판단되면 가차 없이 사라진다. 그렇게 쓸쓸히 퇴장해야만 했던 프로그램은 일일이 손꼽기 어려울 정도로 많다. 그래서 나는 고작 숫자 몇 개 적힌 시청률 표라는 것이 무섭다.

허탈했다. 10년 넘게 몸담았으면 익숙할 법도 한데 충격이 컸다. 너무 사랑하는 실수를 범했다. 허무함도 허무함이지만 근본적으로 방송가의 생리에 신물이 났다. 프로그램의 진가를 제대로 알기도 전에 2, 3회 시청률만 보고 폐지를 결정하는 경박함, 사람 귀한 줄 모르고 이 사람 저 사람 멋대로 부리는 횡포, 만들고 사라지고 또다시 만들고 사라지는 패턴에 현기증이 났다. 자극적인 신박함이 아닌 오랫동안 천천히 전함으로써 사랑받을 수 있는 프로그램 따위가 이 세상에 존재하기나 하는 것일까. 막연히 생각하고 있던 회의감이 차곡차곡 쌓여 머릿속에서 폭발해 버렸다. 그렇다고 아예 방송작가를 그만둘 것도 아니었다. 우리에겐 '그럼에도 불구하고'라는 부사 뒤에 붙여지는 수

많은 이유가 있기 마련이다. 하지만 다시 사랑에 빠지기 위해서는 휴지기가 필요했다. 머릿속에 담긴 찌꺼기들을 비워내야만 했다. 감정의 찌꺼기를 버리는 휴지통으로 비행기를 선택했다. 여기가 아니라면 어디든 좋을 것만 같았다.

갈팡질팡하다 내 이럴 줄 알았지

"발칸? 동유럽? 아니야, 대륙을 다른 곳으로 옮겨보자.
호주? 동남아? 아, 지카 바이러스만 아니면 남미를 가는 건데…."

왜 그랬을까. 원래도 선택장애라는 중병을 앓고 있었지만, 이토록 고민
을 많이 한 적은 없었다. '휴양하기 좋은 해외 여행지', '죽기 전에 꼭 가
봐야 할 여행지'와 같은 진부한 검색을 수도 없이 해대며 계속해서 여
행지를 바꿨다. 만날 때마다 우리의 여행지는 다른 곳에 가 있었다. 버
나드쇼는 그런 우리를 힐난했다지. "갈팡질팡하다 내 이럴 줄 알았지."

여행지를 선택하는 데엔 많은 이유가 있다. 그리고 그 장소에는 개인
의 특성이 고스란히 드러나기 마련이다. 휴식이나 체험, 쇼핑, 유적지
방문 등 평소 하고 싶었던 일이나 추구하는 인생관이 반영된다. 가장
좋은 여행지는 누가 뭐라 하든 내 마음이 동하는 곳이다. 립스틱을 하
나 살 때도 계절, 색감, 가격 등을 비교해 보다가 결국엔 그냥 끌리는

색을 선택하는 것처럼, 우리는 많은 이유를 대고 싶어 하지만 직감이 최종 선택에 영향을 미치는 경우가 허다하다. 그걸 알면서도 이상하게 그땐 여행 자체보다는 그 장소를 가야 하는 이유에 집착했다.

굳이 여행 콘셉트를 정하자면 '휴식'이었는데 쉼의 장소란 생각하기 나름이어서 그 범위가 너무 넓었다. 토론에 토론을 거듭한 끝에 라오스로 결정했다. 유적지나 쇼핑 장소가 극히 적은 지역이었기에 상대적으로 휴식에 집중할 수 있을 것 같았고, 미나는 동남아시아를 한 번도 가보지 않았으며, 최종적으로 좀 더 나이가 들었을 땐 청춘의 꽃이라 불리는(어느 정도 매스컴의 영향도 있겠지만) 라오스에 가기가 망설여질 것 같아서였다.

물론 마흔이 되어서 튜빙을 하고, 짚라인을 타고, 카약 투어를 할 수도 있겠지만 열정을 다해 그 상황을 즐길 수 있을 것 같진 않았다. 이런 생각을 하는 것 자체가 우리가 그토록 부정했던 나이의 물을 먹고 있었던 것인지도 모르겠지만서도 작열하는 여름, 청춘이란 바다에 첨벙 뛰어들어보고 싶었다. '내 청춘은 먼 항구에서/ 한낮의 태양을 겨루어(중략)/ 아직은 주인이 없는 술잔에는/ 빨간 입술이 철철 넘치고…' 문병란 시인이 표현한 삶의 여름을 내 몸으로 마주하고 싶었다.

청춘의 끝물을 느끼기에 라오스만 한 장소도 없었다. 호기어린 열정으로 비엔티안행 비행기 티켓을 끊었다. 돌이켜 생각해 보면 갈피를 못 잡았던 그 상황 자체가 처음부터 이번 여행이 순탄치 않을 것임을 알리는 예고편이었다.

〈꽝 시 폭포Kuang Si Falls〉, 라오스 루앙프라방

유부녀는 여행가면 안 되나요?

　　여행지를 정한 뒤, 한 달가량 여행을 간다고 주변 사람들에게 알렸다. 그런데 돌아오는 반응은 의외의 것이었다. 이때 나는 처음으로 내가 유부녀가 됐음을 실감했다. 정확히는 유부녀와 싱글에 대한 사람들의 인식 차이를 알게 된 것이다.

　　결혼하기 전, 내가 여행을 간다고 했을 때 보통 돌아오는 반응은 "와 좋겠다, 잘 갔다 와, 누구랑 가는데?" 등의 통상적인 질문이었다. 하지만 이번에는 완전히 달랐다. "남편 혼자 두고? 너 진짜 대단하다. 남편 밥은? 시댁에는 얘기했어?" 굉장히 놀랍다는 표정은 보너스라면 보너스다.

　　결혼한 여자는 친구와 둘이 여행을 가면 안 된다고 법으로 정해져 있는 것도 아니고, 더군다나 나는 남편 밥 차려 주는 사람도 아니다. 저들이 왜 내 남편 식사를 걱정하지? 오히려 건강히 잘 다녀오라며 날 생각해 줘야 하는 것 아닌가? 이상한 사회적 통념과 마주한 순간, '내가 이상한 사람인가?'라는 자문도 잠시 했지만 반발심이 더 컸다.

"결혼한 여자는 집을 떠나면 안 되는 것인가?"

남편은 물론 내가 없는 상황을 걱정했지만 그렇다고 여행을 가지 말라고 반대하지도 않았다. 아마 그는 아내의 빈자리가 힘들다기보다 불편했을 것이다. 밥, 청소, 빨래와 같은 일련의 가사 노동을 오롯이 자신이 해야 하므로…. 결혼 후 나에 대한 의존도가 부쩍 높아진 남편을 보며 한편으로 답답하고 억울한 측면도 있었다. 아무리 가사 양립을 외쳐도 어쩔 수 없이 여자인 내가 해야 하는 영역이 컸다.

'왜 결혼하면 남자는 배우자가 아닌 아이로 돌아갈까?' 이것은 영원히 해결할 수 없는 해묵은 숙제와 같은 것이었다.

결혼 후 나에겐 작가라는 명칭 외에 아내, 며느리라는 수식어가 생겼다. 이는 나에 대한 타인의 요구가 늘었음을 의미했다. 일터가 아닌 가정에서도 해야 할 일이 많아졌다. 결혼이란 것은 각자 살던 두 사람이 한 공간에 사는 것 그 이상을 요구했다. 뭐든지 잘해야 한다는 강박관념에 시달리며 수많은 요구들에 부응하는 것은 예상보다 꽤 버거운 일이었다.

나는 타인의 부탁이 단 하나도 없는 공간으로 이동하고 싶었다. 오로지 나의 요구에만 응답하고 싶었다. 그렇게 내면에 귀 기울이다 보면 자연스럽게 여유가 생기고 이는 다시 내 곁에 있는 사람들의 소중함을 깨닫게 되는, 선순환이 생성될 것이라고 믿었다. 이번 여행은 나의 결혼에 자유를 부여할 수 있는 하나의 방법이었다.

아내에게도 자유는 필요하다. 물론 남편에게도 마찬가지다. 역설적이게도 우리는 각자의 시간을 통해 상대의 소중함을 느끼게 된다. 때로 사랑의 존재는 부재를 통해 증명된다.

라오스에 대체 뭐가 있는데요?

　라오스로 출발하기 전 읽었던 무라카미 하루키의 에세이 〈라오스에 대체 뭐가 있는데요?〉. 라오스로 향하던 무라카미 하루키는 경유지인 하노이에서 베트남 사람을 만나게 된다. 작가에게 그가 던진 질문이 바로 "그곳에 대체 뭐가 있는데요?"다. 책을 읽었을 때는 피식 웃고 말았는데, 그 사람이 왜 그런 말을 했는지 도착하자마자 알 수 있었다.

보통 여행의 첫 날이 그렇듯 아침부터 진짜 열심히 다니고 다녔다. 그럼에도 불구하고 시계는 겨우 오후 4시를 가리키고 있었다. 우기여서 날씨는 후텁지근했고, 목은 갈증으로 타들어갔으며, 이런 우리를 놀리기라도 하듯 햇빛은 야속하리만치 쨍쨍했다. 비엔티안은 한 국가의 수도라고 하기엔 믿기 어려울 정도로 작고 조용했다. 이 나라는 사람들의 발걸음마저 소음 제한을 두기라도 한 듯 음소거 그 자체였다. 길을 좀 헤맨 것 외에는 어떤 상황도 발생하지 않았다.

비엔티안의 번화가라고 했지만 사람 한 명 지나가지 않았다.

우리가 지나갈 때마다 수작 섞인 농담을 건네던 터키, 나라 전체가 하나의 신화였던 그리스, 맛집과 볼거리가 많았던 일본과 달리 사람도, 구경거리도 그 무엇도 우리에게 흥미를 주지 못했다. 너무 할 일이 없어서 하릴없이 조마 베이커리에 앉아 라오 아이스커피를 두 잔이나 연거푸 마셨다. 처음엔 진한 맛에 두 번째는 뒤에 찾아오는 단맛에 반하게 되는 라오스식 아이스커피야말로 인상적인 사건이라면 사건일 것이다.

끊임없이 라오스가 지루한 이유를 찾았다. 이날 우리의 대화 주제는 하나였다.

"왜 라오스는 재미가 없을까?"

날씨가 더워서, 볼 게 없어서, 재밌는 사람을 못 만나서, 쌀국수 외에 딱히 맛난 게 없어서…. 하지만 그 무엇도 명쾌하게 대답해 주지 못했다. 비엔티안에 있는 내내 라오스의 시계는 느리고 느려 흐느적거리기 직전이었다. 마치 살바도르 달리의 그림에 나오는 흘러내리는 시계처럼 말이다. 너무 더뎌서 속 터지는 세계 최고의 느림 시계에 갇혀 버린 것만 같았다.

돌이켜 보니 라오스의 진짜 매력은 할 일 없음이었다. 안타깝게도 그 당시엔 미처 알지 못했다. 응당 여행을 갔다면 한 번도 보지 못한 비경, 멋진 사람과의 만남, 난생처음 먹어 보는 화려한 맛 등을 경험해 봐야 한다고 생각했던 것이다. 편협한 고정관념에 사로 잡혀 나만이 느낄 수 있는 매력을 찾지 못했다. 여전히 나는 여행의 하수였던 것이다. 만약 조금 일찍 이 사실을 알았더라면 할 일 없음의 정수를 보여 주는 비엔티안을 좀 더 많이 느낄 수 있었을까?

"라오스에 대체 뭐가 있는데요?"라고 묻는다면 나 역시 **"그곳엔 아무것도 없어요"**라고 말할 것이다. 아무것도 없음을 어떻게 받아들이느냐는 각자 자신의 몫이다.

진심으로 너를 대할 때 너는 감동이 된다

〈왓 시 사켓〉 사원은 비엔티안에서 가장 오래된 사원이다. 19세기인 1827년 시암 왕조의 침입을 받아 폐허가 된 이 도시에서 유일하게 살아남은 사원이다. 태국 양식으로 건설된 덕분에 전쟁에서 피해를 입지 않았다. 가장 두드러진 특징은 6,000개가 넘는 불상이다. 봐도 봐도 끝이 없는 불상이 사원 곳곳에 즐비하다. 사원에는 불상만큼 인상적이었던 것이 있었는데, 다름 아닌 불화를 복구하는 모습이었다.

서양인 책임자가 두 명 있었고, 실무자들이 지시에 따라 작업을 하는 듯했다. 그들의 작업은 지극히 숭고해 보여서 차마 카메라 셔터를 누를 수가 없었다. 찰칵 소리마저 찰나의 그 순간에 누가 될 것만 같았다. 겨우 손에 잡힐 정도의 세밀한 붓으로 각 장면들을 그려내는 모습은 경이를 자아냈다. 한 명 한 명의 손길은 아주 작고 진귀한 물건을 다루듯 진지했으며 섬세했다.

라오스 비엔티안에서 가장 오래된 〈왓 시 사켓Wat Si Saket〉 사원

예전에 만났던, 40년 넘게 불화를 그린 한 스님은 탱화에 있어서 가장 중요한 것은 '진심'이라고 했다. 불화란 모름지기 잘 그리기보다 바른 품성으로 그려야 좋은 작품이 나온다는 설명이었다. 소실된 작품을 다시 살려내고자 하는 마음, 그 안에 담긴 진심이 배어 나오는 복구 작업은 그래서 더 묵직한 감동으로 다가왔다.

'감동'은 사전적 의미론 '크게 느끼어 마음이 움직이다'라는 뜻이다. 멋진 공연 혹은 위대한 미술작품을 맞이했을 때처럼, '감동'이란 말은 가장 좋은, 어떤 최고의 것에 어울리는 단어다. 하지만 이렇게 때로는 무엇을 만들기 위한 과정 자체가 마음을 동하게 하고 깊은 여운을 주기도 한다.

우리의 마음을 움직이는 건 최고보다는 최선에서 나온다. 최선을 담으려고 애쓴 흔적이 바로 감동의 근원이었다. 인간관계도, 인생도, 잘 되기를 바라는 모든 것들이 다 마찬가지였다. 화려한 치장과 빛나는 결과물보다 진심을 다해 최선을 다한 그 마음 자체가 소중하고 아름답다. 그리고 그 최선이 켜켜이 쌓여 우리 삶을 감동으로 일궈낸다.

'독참파'가 물었다, 너의 순수는 잘 지내니?

라오스에서 가장 많이 봤던 꽃은 독참파Dok Champa였다. '독'은 라오스어로 '꽃'이라는 뜻이고, '참파'는 '왕국'이라는 뜻이니, 독참파는 말 그대로 라오스의 국화다. 시골이든 도시든 라오스 어디를 가나 곳곳에서 독참파를 흔하게 볼 수 있다. 꽃뿐만 아니라 독참파를 새긴 사물이나 건물도 제법 많았다.

흰색 바탕에 노란색 커다란 점이 하나 찍힌 독참파의 모습은 순수한 라오스 사람들을 닮았다. 독참파에 대한 라오스 사람들의 애정은 대단해서 귀한 손님이 오면 환영의 의미로 독참파 목걸이를 만들어 걸어 주기도 하고, 집안 행사나 특별한 날 장식용으로 쓰기도 하며, 여자들은 일상에서 머리핀을 만들어 애용한다.

독참파는 라오스 땅뿐만 아니라 하늘에서도 사랑받는다. 라오스의 국영항공인 라오항공의 꼬리에도 독참파가 그려져 있다. 꽃이 그려진

비행기가 세상에 몇 개나 있을까? 라오스 사람들의 독참파 사랑은 하늘과 땅 곳곳에 퍼져 있는 셈이다.

나에게 독참파는 고갱의 그림 〈타히티의 여인들〉에서 여인의 귀에 꽂혀 있던 꽃으로 익숙했다. 그림 속 자연을 닮은 여인이 자연을 꽂고 있다. 모든 것에 실패했다고 느낀 화가가 무한한 위로를 받았던 순백의 땅 타히티, 그리고 여인과 독참파. 개인적으로 고갱을 좋아하지는 않지만 많은 이들이 라오스를 찾는 이유도 고갱과 비슷한 맥락에서가 아닐까.

"내 안의 잃어버린 어떤 순수를 찾고 싶은 마음."

물론 그 크기는 다르겠지만, 어느 정도는 유사한 마음을 품고 라오스 땅을 밟았으리라. 달리 보면 우리가 순수를 갈망하는 건 마음 한편에 순수를 품고 살고 있기 때문일 수도 있다. 다만 너무 오랫동안 숨어 있어서 발견하기가 힘든 것일 뿐.

얼룩진 세상살이에 점철되어 내 안에 잠재된 순백의 순수를 꺼내 보이고 싶을 때, 나는 독참파 향기를 떠올려 본다. 독참파가 내 발끝에 툭 떨어지자 달콤하면서 알싸한 그 향기가 코끝으로 올라와 내 마음을 간질인다. 독참파 내음은 다소곳이 다가와 나에게 묻는다. "너의 '순수'는 잘 지내느냐고⋯."

세상에서 가장 가치 있는 말, "함께하다"

라오스 하면 순수, 마사지, 쌀국수, 야시장, 탁발 행렬 등의 단어를 떠올리게 되는데, '전쟁'으로 이 나라를 기억하는 사람은 거의 없다. 비엔티안 시내 중심부에서 약간 떨어져 있는 '코페 센터COPE Center.' 이곳은 전쟁의 폭격 및 전쟁 후에 발생한 지뢰 등으로 장애를 입은 사람들을 위한 지원센터다.

1960년대 후반 베트남 전쟁 당시 라오스 북부 산악지대는 베트남군의 전쟁 물자 이동 경로로 사용됐다. 이에 미군은 이른바 '호치민 통로'라 불리던 수송로를 차단하기 위해 이 지역에 엄청난 양의 공중폭격을 감행했다.

놀라운 사실은 라오스가 단위면적당 세계에서 가장 많은 폭탄 세례를 받았다는 점이다. 전쟁은 끝이 났지만 라오스 사람들은 밭을 갈다, 혹은 우연히 지나가다 파묻힌 폭탄의 폭발로 인해 죽거나 장애를 안고 살아가고 있다. 피해자에는 어른, 노인, 아이 구분이 없었다. 그럼에도 불구하고 폭격 피해자들을 위한 미국의 별다른 지원은 없었는데, 불행 중 다행인 건 오바마 대통령 재임시절 불발탄 제거를 위해 9천만 달러를 내놓겠다고 약속했다는 점이다. 물론 그 이후론 어떻게 대책이 이어졌는지 알 수 없다.

코페에 전시된 여러 의족과 우수수 떨어지는 폭탄을 형상화한 조형물들은 단지 힘이 약하다는 이유로 속절없이 당할 수밖에 없었던 라오스의 상흔을 고스란히 보여준다. 잘못한 것도 없는데 그저 운이 없어서 지뢰를 잘못 밟아 평생을 의족에 의지해 살아가야 하는 이들의 비애는 과연 무엇으로 보상받을 수 있을까.

매스컴으로 인해 청춘의 나라, 여행자의 나라로만 인식되어 있는 라오스의 또 다른 이면을 보여주는 코페 센터. 전쟁의 상처를 다 지우기엔 아직도 많은 관심과 노력이 필요해 보였다. 속절없이 쓰러진 그들이 다시 희망을 길어 올리는 데 얼마나 많은 시간이 필요할지 나로선 가늠이 되지 않는다. 애도 외엔 그 무엇도 할 수 없는 내가 무력했다.

우리말 중에 '함께하다'라는 동사가 있다. 그들이 실낱같은 희망을 길어 올릴 수 있도록 함께 애도하고 기억하는 것. 라오스를 찾는 우리가 할 수 있는 일이 아닐까. 우리는 함께하기에 함께 일어설 수 있다.

무자비한 폭격을 형성화한 작품

시간을 천천히 추억의 속도로 늘려 보자, 블루라군

자전거를 타고 블루라군으로 향하는 길은 말 그대로 자연 그 자체였다. 비가 내린 뒤 더 짙은 푸름을 입은 나무, 천천히 흘러가는 강물 위를 마찬가지로 천천히 지나가는 사공들, 눈 흰자위가 하얗디하얀 순수한 아이들, 블루라군으로 향하는 그 길은 그야말로 시원한 블루였다.

가끔 출근길에 차가 거의 없고 앞으로 펼쳐진 도로 위의 신호등이 죄다 초록색일 때, 뭔가 굉장한 일이 벌어질 것 같은 기분이 들 때가 있었다. 세상이 나를 향해 열려 있다는 느낌, 나무의 나이테처럼 마디가 확장되는 느낌. 지금이 그랬다. 자전거를 타고 달리는 그 순간만큼은 내 가슴이 시리도록 확장되는 기분이었다.

그것은 막연히 생각했던 '자유의 결' 같은 것이었다. 세상이 나를 향해 손짓했다. 너를 향해 길이 활짝 열려 있다고 말하는 듯했다.

〈블루라군Blue Lagoon〉, 라오스 방비엥

유유자적 달려가는 우리를 막은 건 소 떼뿐이었다. 라오스이기에 만날 수 있는 풍경이었다. 아직도 이곳엔 소가 쟁기를 끈다. 여전히 소가 농경에서 중요한 역할을 한다. 소 떼를 마주하고 있자니 어릴 적 자주 갔었던 외할머니 댁이 생각났다. 마을 뒷산을 담은 낮은 지붕, 찰방찰방 물지게 지고 가셨던 외할머니, 시간이 아주 느리게 흘러가는 풍경은 생경하게 느껴질 만큼 아득한 옛날인데 방비엥에서는 그 추억을 또렷이 마주할 수 있었다.

시간은 상대적인 것이어서 빠르게 가속을 추구하면 아주 빠르게 달려간다. 천천히 시간을 느끼다 보면 하루 역시 아주 길게 사는 것처럼 느껴진다. 블루라군으로 향하는 이 길은 느림의 마술을 부린 것 같았다. 자전거 페달은 천천히 나를 목가적인 시공간으로 이끌었다. 과속의 달리기를 잠시 멈추고 내 주변을 돌아보았다. 시간을 천천히 추억의 속도로 늘려 보았다. 삶의 흐름 속에서 천천히 리듬을 느끼며, 그 느림 안에서 비로소 행복의 징표를 찾았다.

눈부신 고립과 두려움 사이

　　여행엔 성수기와 비수기가 있다. 내 여행의 궤도는 늘 비수기였다. 사람 많은 성수기보다는 일부러 비수기를 골라 여행을 가곤 했다. 시끄럽기보다는 한산한 편이 좋았고 비용적인 측면에서도 비수기가 효율적이다. 하지만 이번 여행을 통해 나는 왜 성수기가 있는지, 왜 여행의 적기가 있는지를 알게 됐다.

우리가 갔던 여름은 동남아시아 여행의 비수기였다. 우기였기 때문인데, 평소에도 비가 오는 것에 크게 개의치 않았기에 '우기라고 해봐야 얼마나 비가 오겠어!' 하는 근거 없는 자신감도 있었던 것 같다.

"우르르 쾅쾅~!"

하지만 이런 나를 비웃기라도 하듯 요란한 효과음과 함께 미친 듯이 비가 쏟아졌다. '하늘에 구멍이 났다'라는 표현은 바로 이런 상황을 두고 나온 말이었다. 이토록 많은 비를 본 것은 내 생애 처음이었다. 행여나 호텔이 물에 잠기는 건 아닐까 하는 기분 나쁜 예감이 스쳐 지나갔지만 애써 모른 척했다.

아니나 다를까. 다음날 아침, 호텔 직원이 찾아왔다. 우리가 묵고 있던 곳은 3층이었는데 이미 아래층 투숙객들은 모두 다른 호텔로 옮겨 갔으며, 우리 역시 이동해야 한다고 했다. 졸린 눈을 비비며 나가 보니 바깥은 거의 재해 현장 수준이었다. 호텔 1층 전체가 물에 잠겨 있었다.

이때까지만 해도 나와 미나는 웃었다. 그동안 너무나 할 일이 없어서 지극히 평온하다면 평온한 시간이 이어졌기에, 이 하나의 에피소드가 우리에겐 두고두고 회자될 사건이었다. 하지만 이 웃음도 잠시였다. 동남아시아의 비는 스콜성이어서 아무리 많이 와도 낮엔 그치기 마련이라고 했으나, 3일 연속 비가 쉬지 않고 내렸다. 현지 사람들도 이렇게 엄청난 비는 처음이란다. 옴짝달싹 못 하고 호텔에만 갇혀 있어야 했고(그것도 귀곡산장 같은 곳에…), 심지어 몸이 안 좋았던 미나의 상황이 악화되고 있었다. 음식이 입에 안 맞는 건지 계속 설사와 고열에 시달렸다. 그녀는 아픔을 호소하며 깊은 잠에 빠져들었고, 나는 하늘이 무작위로 비를 퍼붓는 이 고립된 상황 속에서 잠 못 이루며 끊임없이 인터넷 검색을 해댔다. 미나의 아픈 상황과 라오스의 우기에 대

해…. 검색을 한다고 해서 답이 나오는 것도 아닌데 잠은 오지 않고 밖에 나갈 수도 없는 이 상황에 책마저 눈에 들어오지 않았기 때문에 할 일이 검색밖에 없었다고 하는 편이 옳을 것이다.

비행기 편을 바꿔 한국으로 돌아가야 할까, 아니 한국에 갈 수나 있을까, 미나가 더 악화되면 라오스 응급실을 가야 하나, 라오스 의료 환경은 좋을까, 별의별 생각이 다 떠올랐다.

인간은 고립된 상황에서 무엇을 할 수 있을까를 생각했는데 그것은 온통 비극적인 것뿐이었다. 스티븐 킹의 소설을 영화화한 〈샤이닝〉이 떠올랐다. 폭설로 고립된 호텔에서 서서히 미쳐 가는 소설가 잭의 모습을 다룬 영화인데, 핏물이 홍수처럼 쏟아지던 엘리베이터 장면만 파노라마처럼 머릿속을 지나갔다. 쏟아지는 비만큼이나 공포감 역시 물밀듯이 밀려왔다. 이날 밤은 내가 살면서 처음 맞닥뜨린 '고립 중의 고립'의 시간이었다.

혼자 무서운 상상에 몸서리치면서도 현실에서 안도할 수 있었던 것은 미나가 곁에 있다는 사실이었다. 만약 혼자 라오스에 와서 이런 상황에 직면했다면 나는 얼마나 두려움에 번민했을까.

'한계령의 한계에 못 이긴 척 기꺼이 묶였으면/ 오오, 눈부신 고립(문정희, 〈한계령을 위한 연가〉 중에서)'이라며 재난을 로맨스로 치환시킨 시인과 달리 지금 내 상황은 눈부신 고립은 아니었다. 하지만 이 시를 떠올린 것은 인간으로서 어찌해 볼 도리가 없는 극한에 처했을 때, 그 상황을 눈부신 고립으로 볼 것인지, 두려움으로 볼 것인지는 누구와 함께 있느냐에 따라 달라진다는 메시지 때문이었을 것이다.

우린 꽤 많은 시간을 함께했다. 그 시간들을 공유한 대상이 지금 내 곁에 있다는 것만으로도 감사했다. 겨우 안심하며 잠을 청했다. 발이 아니라 운명이 묶이길 바라는 운명적 사랑을 꿈꾸며….

마음의 온기를 3도 올려 준 라오스 쌀국수

음식 중에서도 무조건 찍기만 하면 시청률이 잘 나오는 아이템이 있다. 바로 '면'이다. 호로록호로록 면발을 빨아들이는 소리 때문인지, 유난히 한국인이 면을 좋아해서인지, 정확한 이유는 알 수 없지만 방송쟁이들 사이에선 면과 관련한 음식 아이템은 시청률이 잘 나오는 불문율로 인식되어 있다.

나도 면을 참 좋아한다. 밥과 면 중 하나를 고르라고 하면 고민 없이 면을 선택한다. 나는 면발의 쫄깃함이 좋다. 면을 후후 불며 입안에 넣었을 때 혀를 감도는 탱글탱글한 식감과 씹을수록 풍기는 그 슴슴한 맛이 면의 매력이다.

우리가 면 요리를 즐기는 데엔 일상에서 쉽게, 함께 먹을 수 있는 음식이기 때문이 아닐까 싶다. 새벽 등반을 마치고 일출을 바라보며 먹었던 새해 첫 컵라면은 꿀맛이었으며, 꽉 막히는 고속도로 휴게소에서 먹은 국수는 허기를 채워주는 든든한 한 끼였다. 이사 후에 먹는 자장면은 큰일을 해결했다는 안도감을 주었으며, 친구와 소주 한 잔 걸치며 포장마차에서 먹던 잔치국수는 뜨끈한 위로를 전했다. 촬영용 게임을 위해 실험을 한답시고, 후루룩 소리가 얼마나 크게 나는지 데시벨을 체크하며 험하게 먹었던 남대문 시장 국수는 지금 생각해도 코미디다.

'면' 하면 떠오르는 에피소드는 밤을 새워도 모자랄 것 같은데, 이번 라오스 여행을 하면서 추억이 하나 더 추가됐다. 흔히 우리가 알고 있는 동남아시아 국수는 베트남 쌀국수인데, 라오스 쌀국수는 베트남과 달랐다. 좀 더 한국의 칼국수 맛에 가까웠다. 국물은 베트남 쌀국수보다 뭉근했고, 면발은 칼국수 정도의 굵기다. 깔끔함, 격식과는 거리가 먼 야시장 길바닥에 대충 앉아서 먹는 쌀국수는 세상 그 어떤 음식보다 꿀맛이었다. 점성이 있는 국물인데 묘하게 깔끔했고 넓적하고 얇은 면인데 시간이 지나도 퍼지지 않는 것이 신기했다.

이처럼 주변의 온도를 올려 주는 음식들이 있다. 어디선가 풍겨 오는 군고구마 냄새, 학교 마치고 집으로 들어왔을 때 어머니가 만들고 계신 김치찌개, 이른 아침 1층 빵집에서 풍겨 오는 빵 굽는 냄새…. 이런 것들은 주변 온도를 3도 정도는 올려 주는 것 같다. 라오스 시장 한 모퉁이에서 맛 본 쌀국수도 그랬다. 우기로 인한 각종 사고와 미나의 아품으로 인한 걱정, 과연 한국에 무사히 도착할 수 있을지에 대한 불안감으로 가득했던 내 마음의 온도를 3도 정도 올려 주었다. 쌀국수 한 그릇을 다 먹은 순간 든든한 포만감이 슬며시 퍼지면서 말했다. '괜찮다고 다 괜찮다고. 이렇게 맛있는 쌀국수를 먹었으니 내일부턴 다 잘 될 거라고.'

가장 드라마틱한 감정을 선물한 여름의 라오스

드디어 비가 그쳤다. 하지만 우리가 갈 수 있는 곳은 없었다. 집중호우로 인해 모든 길이 막혀 버렸다. 할 일이라곤 물놀이밖에 없는 방비엥이건만, 불어날 대로 불어난 강물에서 수영을 할 수도 없는 노릇이었다.

어제에 이어 오늘도 고립이었다. 블루라군과 함께 방비엥의 명소임을 자처하는 탐 짱 동굴을 가볼까 했지만, 이미 강이 되어 버린 길을 건널 수 없어 허탕을 치고 돌아왔다. 그렇게 또 하루가 스멀스멀 지나가고 있었다.

비가 갠 뒤 새하얀 햇볕이 광선처럼 내리쬐는
길고 뜨거운 오후의 권태,
집채만 한 흰 구름을 보며 아련해진 어떤 그리움,
낮잠을 자다 깨어난 어스름 저녁의 오슬오슬한 한기,

까만 밤과 함께 다시금 내리는 비,

어둑한 습기 속에서 느껴지는 이유를 알 수 없는 본능적인 슬픔,

축축한 실내 공기와 달리 마음은 결핍되어 바싹바싹 찢길 듯 건조하

게 말라갔다.

그날, 여름과 가을의 길목 어느 지점에 있던 라오스는 내게 가장 드라

마틱한 감정을 선물했다. 밤중에 다시 내린 비로 노심초사했던 마음

은 다음날 새벽 즈음 비가 잦아들며 조금씩 평화를 찾아갔다. 떠오르

는 해를 마주하며 다가올 청명함을 떠올려 보기로 했다.

싱그러운 녹음이 주는 풋풋함.

더 맑아지고 더 푸르러질 하늘.

뜨거운 태양의 당당함.

청량음료가 주는 알싸한 시원함.

열악한 날씨 앞에 갈팡질팡하는 나를 다독이며

내가 가는 길에 믿음을 쌓아 보려는 스스로의 마음가짐.

갈라진 길이 이어질 때마다
우리네 마음은 하나가 되었다

'재난'은 뜻하지 않게 생긴 불행한 변고나 천재지변으로 인한 불행한 사고를 뜻한다. 즉 인력으로 어떻게 할 수 없는 불가항력을 가지고 있다는 뜻도 될 것이다.

방비엥에서 루앙프라방으로 가는 길은 가히 재난 수준이었다. 연일 내린 폭우로 도로 상황은 최악이었다. 원래도 이 길이 정비된 지 얼마 되지 않아 위험하다는 이야기를 들었지만 우리가 직면한 상황은 심각했다.

도로는 갈기갈기 갈라졌고 산사태로 인해 흙과 바위가 무너져 내려 사방이 초토화되었다. 중간 중간 끊어진 길로 인해 차는 운행과 정지를 반복했다. 그럴 때마다 일행들은 다 함께 돌을 놓기도 하고 오르막이라 올라가지 못하는 차를 이영차 밀기도 했다. 무사히 고비를 넘길

때마다 함께 기뻐하며 환호와 손뼉을 쳤다.

갈라진 도로가 이어질 때마다 각자의 자리에 놓여 있던 마음들이 하나로 모아졌다. 우리는 우리의 길을 만들어 냈다. 방비엥에서 루앙프라방으로 가는 한 버스를 탔다는 공통점 외에는, 국가도 인종도 연령대도 다른 사람들이었지만 한마음 한뜻으로 위기를 극복해 냈다. 이는 말로 설명하기 힘든 뜨거운 감동을 연출했다.

개인주의, 1인 가구, 혼밥과 혼술, 혼자 있는 걸 즐기는 사람들이 늘어나고 있는 요즘이지만 결국 우리는 함께하는 기쁨을 아는 사람들이었던 것이다. 사람들은 고독을 즐기지만 고립을 택하지는 않는다. 물리적으론 혼자 놀고 있지만, 눈에 보이지 않는 가느다란 실로 누군가와 연결되어 있다. 나 홀로 여행자들조차 무선 인터넷을 통해 자신의 여행 사진을 소셜 네트워크에 올리고 지인들과 소통한다.

시인 정현종은 '사람들 사이에 섬이 있다/ 그 섬에 가고 싶다'는 알 듯 모를 듯한 시를 썼고, 본 조비는 '사람은 섬이 아니다'라고 노래했다. 아름다운 개인주의자가 넘쳐나는 이 시대에 사람을 섬에 비유하는 건 맞기도 하고 틀리기도 하다. 대륙 판게아는 이미 갈라졌고, 섬은 고유의 생태계를 유지한다. 그러나 이 수많은 섬 사이엔 끊어지지 않는 다리가 놓여 있다.

당신과 나 사이를 이어주는 굳건한 다리로 인해 우리는 살아간다. 더러 세상이 힘들고 외로울지라도, 외로운 섬에 나 홀로 덩그러니 놓여 있는 것처럼 느껴질지라도, 언제든 마음으로 연결되는 당신이 있기에 역설적이게도 나는 나로 살아갈 수 있었다. 두 선이 기대어 있을 때 비로소 완성되는 '사람 인人'처럼, 우리는 타고나기를 함께할 때 더 빛나는 존재다.

우리 모두에게 필요한 시간, 채움과 비움
루앙프라방에서의 요가

　　요가로 하루를 시작해 보고 싶었다. 유유히 흐르는 남칸강을 바라보며 유유자적 마음을 다스리는 것은 상상만으로도 근사했다. 루앙프라방에서의 요가는 이른 새벽에 시작된다. 하나, 둘 사람이 모이고 강사의 설명에 따라 몸을 움직인다. 동작이 바뀔 때마다 근육의 경미한 움직임 소리와 함께 새 소리, 강물 소리, 풀벌레 소리가 나직이 들려 왔다. 경적, 공사, 시끄러운 음악, 소음으로 둘러싸인 내가 살던 공간에선 전혀 귀 기울여 들을 수 없던 소리였다.

자연의 하모니는 서서히 내면의 소리로 나를 이끌었다. 타인이 내게 내뱉는 수많은 요구사항이 아닌 내 마음이 나에게 내뱉는 소리에 귀 기울였다. 깨끗해진 내 머릿속과 동일하게 마음이 움직였다. 그동안 나는 오랜 작가 생활로 인한 슬럼프에 빠져 있었다.

"글이 안 써질 때 어떻게 하나요?"

이런 질문에 대부분의 작가들은 이렇게 말한다.

"글이 써질 때까지 기다려야 합니다."

제아무리 뛰어난 필력을 가진 작가라 해도 글감이 샘물 솟듯 매일매일 쏟아지는 것은 아니다. 글이 잘 써지지 않을 때는 잠시 글을 놓고 다른 사람들을 만나고 새로운 이야기를 듣고, 때때로 여행을 하는 것도 필요하다. 그리고 뭔가 채워졌을 때 즈음 일어설 기운이 생기면 다시 펜을 잡는다.

어느 순간 더 이상 남은 게 없어 내 안에 쏟아낼 에너지가 없다고 생각될 때는 기다리는 게 방법이다. 꾸역꾸역 이어나가는 것이 능사는 아니다. 루앙프라방에서의 요가는 내게 그런 시간이었다. 나를 내려놓고 나를 채우는 시간. 다시 차올라 넘칠 수 있을 때까지 기다리고 채우는 시간, 우리 모두에게 필요한 그런 시간.

주머니 속 욕심을 내려놓는 시간, 라오스 탁발

탁발은 수행자에게는 무소유의 정신을, 재가자에게는 자비행을 실천하는 수행이다. 수행자는 끼니의 의탁을 통해 고행과 감사함을 배우고, 대중은 공덕을 쌓을 수 있는 기회를 얻는다.

우리는 루앙프라방에서 공덕을 쌓는 아름다움을 향유해 보기로 했다. 늦게 일어나는 게 일상이 되어 버린 두 사람은 허겁지겁 새벽에 일어나 전날 싸둔 음식을 들고 거리로 나갔다. 경건한 주홍빛 승복 물결이 천천히 거리를 가르며 푸르스름한 아침을 깨웠다. 많은 이들이 그 대열에 앉아 가장 낮은 자세로 공양을 올린다. 아침 일찍 일어나 음식을 준비하고, 집 밖으로 나와야 하는 수고로움을 마다하지 않는 마음, 스님들을 진심을 다해 존경하는 마음, 가진 것이 없어도 나누고 싶은 마음, 그러한 재가자들의 마음을 감사하게 받는 스님들의 마음은 낯선 여행자에게 숭고함을 불러일으켰다.

여기서 자비심이 한 걸음 더 나아간 장면은 탁발을 받은 스님들이 다시 밥을 나누어 주실 때였다. 스님들의 탁발 행렬 가운데 드문드문 빈 종이상자를 들고 나온 아이들이 있다. 스님들은 배고픈 이들을 위해 기꺼이 음식을 보시한다.

'나눔의 선순환'이야말로 라오스가 가난하지만 행복한 나라인 이유였다. 탁발은 마치 착한 마음이 모이고 모인 어떤 선함의 집합체 같았다. 스님들의 표정은 더할 나위 없이 평온했고, 공양을 올리는 할머니의 눈빛엔 베풂을 통해 얻은 살아갈 힘이 맺혀 있었으며, 아이들의 고사리 같은 손엔 미래를 향한 희망이 깃들어 있었다.

물질만능주의 시대에도 굳건히 존재하는 라오스의 탁발 행렬은 진정한 무소유의 가치에 대해 떠올려 보게 했다. 아주 작은 것도 나누려 하는 마음이 라오스를 아름답게 만들고 있었다. 작은 쌀 한 톨도 남기지 않고 나눠 먹는 마음, 나보다 더 낮은 곳에 있는 사람들을 헤아리는 마음이 욕심으로 가득 찬 내 마음을 숙연케 했다.

나는 늘 채우려고만 하며 살아왔다. 꿈을 채우려고, 욕심을 채우려고, 굶주림을 채우려고, 옷장을 채우려고, 통장을 채우려고…. 그러면서 단 한 번도 비움을 고려해 보지는 않았다.

대량생산, 대량소비, 대량폐기 되는 도시에 사는 나는 많은 것을 사고 많은 것을 버렸다. '주머니 속 욕심'이란 짐을 내려두고, 부족하면 부족한 대로 넉넉하면 넉넉한 대로 그렇게 자연스럽게 살아가는 내가 되었으면 좋겠다. 그럼 그토록 원하던 자유로움에 조금은 더 가까이 다가갈 수 있지 않을까. 하지만 조용히 두 손을 마주한 스님들의 온화한 표정은 이 또한 욕심이라고 말하는 듯했다. 자유를 갈구하는 욕심.

어느새 내 마음은 단단해져 있었다

온몸에 붉은 반점이 일어나면서 그녀는 어지러움을 호소했
다. 미나의 상황이 심각해지고 있었다. 당초 여행 계획은 한 달이었지
만 계속 있어서는 안 될 것 같다는 판단에 한국으로 돌아가기로 했다.

엎친 데 덮친 격으로 출국 당일 그녀의 증상은 더욱 심각해졌고 비행
기를 탈 수 없는 상황에 이르렀다. 출발 시간을 얼마 남겨 두지 않은
시각, 공항 직원의 도움을 받아 현지 병원으로 이송됐다. 라오스의 대
형병원이라고 했지만 우리의 잣대로 봤을 땐 열악하기 그지없었다.
오히려 불안함이 더 커졌다. 동시에 내 머릿속엔 온갖 변수가 널뛰기
를 했다. 당시 한창 지카 바이러스가 유행일 때여서 전염병이 걱정되
기도 했고, 과연 한국에 무사히 들어갈 수 있을지도 의문이었다. 지카
바이러스일 경우 바로 출국을 못한다는 의사의 설명도 있어서 걱정과
두려움이 엄습했다.

그렇다고 아픈 미나 앞에서 내색할 수는 없었다. 분명 당사자인 그녀는 나보다 더 불안하고 힘들 것이 뻔했다. 이 순간 우리 둘 사이엔 설명하기 힘든 동지애 같은 것이 생겼다. 위기 상황을 합심해서 이겨내야 한다는 결연함이 형성됐다. 말도 안 통하는 타국에서 미나가 믿고 의지할 사람은 나밖에 없었고, 내가 그녀의 보호자라는 책임감이 앞섰다. 혈액검사 결과를 기다리는 시간은 속절없이 길었다. 내 생애 그토록 초조하고 긴장됐던 30분은 없었다. 다행히 지카 바이러스는 아니었고 음식으로 인한 알레르기가 의심된다고 했다. 의사가 준 응급처치 약을 바르고 다시 공항으로 돌아왔다.

우리가 무사히 공항까지 올 수 있었던 건 내 일처럼 도와준 공항 직원 덕분이었다. 그는 난생처음 보는 우리를 근무시간 와중에 병원에 데려다주었고 통역까지 해 주었다. 그에게 무엇으로도 보상하기 힘든 친절을 받았다. 낯선 곳에서 모르는 사람의 지극한 도움을 받으며, 나는 내가 살아온 삶을 돌아보게 됐다. 과연 나는 전혀 관계없는 누군가를 아무런 편견과 잣대 없이 도울 수 있을까.

그가 기꺼이 우리를 도와줄 수 있었던 것은 한 치의 고민 없이 타인을 도와줄 수 있는 넓고 단단한 마음이 자리하고 있었기 때문일 것이다. 라오스를 여행하는 동안 우기와 미나의 아픔으로 인해 하루에도 몇 번씩 마음이 번민했다. 이런 나의 마음을 아는지 모르는지 라오스 사람들은 한결같이 수평선을 유지했다. 그들의 속내는 어떠했을지 모르겠지만 적어도 내가 보고 느끼기에는 그랬다. 극과 극의 대척점에 있는 그들과 나를 비교해 보며 깨달았다. 그들이 평정할 수 있었던 것은 하심下心에 있었다. 라오스 사람들은 욕심을 버리고 마음을 내려놓고 부처를 존경했다. 그들은 우리처럼 한낱 날씨에 일희일비하지 않았다. 마음에서 일어나는 사사로운 감정에 일일이 대응하기보다 허공이 바람을 대하듯, 무저항의 방식으로 감정들을 대했다. 그래야 비로소 평화가 찾아온다는 것을 본능적으로 알고 있었다.

끝도 없는 광활한 사막의 넓이만큼, 검푸르고 무서운 바다의 깊이만큼 생각하고 또 생각했던 라오스. 그 번민의 종착점은 흔들리지 않는 마음이었다. 비록 방황할지라도 결국엔 앞으로 나아가게 될 것이라는 확신이었다.

내 생애 가장 험난했던 여행이 끝나고 비행기에 겨우 몸을 실었을 무렵 (이날도 기상악화로 공항 전체가 정전이 되었지만) 어느새 내 마음은 단단해져 있었다. 한국에 도착한 순간, 험난한 여름은 끝나고 청명한 가을 하늘이 나를 마중 나와 있었다.

비로소 만난

궁극의 나

긴 겨울 끝에 찾아온
행복 사냥꾼

feat. 아름답지 않은 계절은 없었다

얼어버린 꿈을 찾아서

내 인생 최악의 크리스마스였다. 연말을 기념해 남편과 떠나온 여수에서 그는 난데없이 독일로 유학을 가겠다고 선언했다. 여기서 중요한 포인트는 "가면 안 돼?"가 아니라 "가겠다"라는 확고한 결정의 말에 있었다. 평소 다니던 직장을 못 견뎌 했던 것은 이미 알고 있었다. 어쩌면 내가 생각했던 것보다 더 빨리 회사를 그만둘 수도 있겠다고 예상은 했다. 하지만 한국이 아닌 다른 나라로 삶의 터전을 옮긴다는 것은 전혀 뜻밖의 일이었다.

나와 어떤 상의도 없이 1년 동안 그 모든 일들을 비밀리에 진행했다는 사실이 가장 괘씸했으며, 다음으로 내가 지금 하고 있는 일을 그만둬야 한다는 점이 받아들이기 힘들었다. 배우자로 인해 내 삶이 바뀔 수도 있음을 처음으로 인지했다. 내 머리는 어리석게도 그의 행보가 나의 미래에 영향을 미칠 것이란 점엔 가닿지 못했던 것이다. 우리는 한 집에서 살아가는 '공동체'가 아닌 '운명 공동체'였다.

결혼을 너무 가볍게 여겼던 것일까. 처음으로 결혼을 후회했다. 나는 못 간다고. 갈 거면 혼자 가라고 버티기도 했고, 꼭 가야겠냐며 설득하기도 했다. 처음부터 그 싸움의 승자는 남편이라는 것을 알고 있었음에도 오기 아닌 오기로 버틸 수 있을 때까지 버텼다. 일종의 괘씸죄라면 괘씸죄였다.

아울러 예상 밖의 이 상황을 통해 나라는 인간은 내가 생각했던 것보다 훨씬 보수적이고 남들과 비슷한 삶을 살고 싶어 하는 보통의 유형이었다는 것을 알게 됐다. 결혼하고, 집 사고, 아이 낳고, 승진하는 그 일정한 법칙에 나는 기꺼이 동참하고 싶었다. 불행히도 끝내 역행했지만 말이다.

삶이란 것은 내 의지대로 움직이는 것인 줄 알았는데 때로 나의 의지와 상관없이 흘러갈 수도 있음을 깨닫게 됐다. 6개월의 전투 끝에 우리는 결국 독일행 비행기에 올랐고, 나는 지금 독일에 살고 있다. 지금도 내가 이곳에 있는 것이 비현실적으로 느껴질 때가 많다. 그나마 살아갈 수 있는 힘은 여행이었다. 유럽의 한 가운데 있는 독일은 지정학적으로 여행하기에 최적의 조건을 갖추고 있었고, 나는 끌려오다시피 해서 온 독일이 싫어 어떻게든 이 나라를 떠나고 싶었다.

하염없이 미나의 마음을 두드렸다. 돌이켜 보니 늘 내가 먼저 그녀를 유혹했던 것 같다. 매번 못 이기는 척 꼬임에 넘어와 준 그녀가 고맙다. 당시 미나 역시 똑같이 굴러가는 삶의 패턴에 지쳐 있었다. 적응하고 지겨워하고 활기를 찾고 다시 적응하고 지치고, 마치 규칙마냥 10년째 동일한 사이클로 삶이 흘러가고 있었기에 그녀는 망설임 없이 독일행 티켓을 끊었다.

2월에 출발한 우리의 여행지는 북유럽이었다. 영화 〈월터의 상상은 현실이 된다〉도 약간은 결정에 기여를 했다. 반복되는 일상에서 벗어나 아이슬란드로 떠난 그에게 일어난 거대한 일들은 북유럽 여행을 부추기기에 충분히 자극적이었다. 덧붙여 우리는 겨울에 여행한 적이 없었다. 한 번도 만나 보지 못한 진짜 겨울을 만나 보고 싶었다. 상상이 현실로 이루어지는 순간을 꿈꾸며. 남편의 꿈 따위는 저 멀리 북극 얼음 속에 가둬 버리고, 얼어버린 내 꿈을 찾고 싶었다.

아이슬란드 굴포스Gullfoss 가는 길

세상 가장 추운 곳에서 만난 가장 따뜻한 마음

아이슬란드 레이캬비크 공항에 내리자마자 마치 소용돌이에서 갓 나온 듯한 강력한 바람이 우리를 맞았다. 살을 파고드는 강풍은 비로소 북극의 어느 지점, 세상에서 가장 추운 나라에 도착했음을 실감케 했다.

도착과 동시에 블루라군으로 향하는 버스에 몸을 실었다. 바깥으로 보이는 풍경은 하얗거나 혹은 까맣거나였다. 눈과 화산재로 덮인 생경한 풍경은 마치 새로운 행성에 도착했음을 알려주는 듯했다. 창문 사이로 들어오는 차가운 공기가 이 섬에 대한 야릇한 기대감을 상승시켰다. 하지만 이내 그 공기는 다가올 강력한 추위에 대한 경고였음을 알게 됐다.

살을 에는 추위에 떠밀려 블루라군의 풍경을 감상할 틈도 없이 온천장으로 쪼르르 들어갔다. 칼바람에 일시 정지됐던 몸이 온천에 입수

블루라군Blue Lagoon, 아이슬란드 레이캬비크

하는 순간 "얼음 땡~." 차가움과 뜨거움이 만나 찌릿한 신호가 울림과 동시에 몸의 한기가 스르르 녹았다. 얼음만큼 차가운 대기와 대비되는 뜨거운 온천수, 눈으로 뒤덮인 풍경과 푸르른 물빛의 극명한 대비는 인상적이었다. 머리는 시원하고 가슴은 따뜻했다. 냉정과 열정 사이에서 내 몸은 행복했다.

이곳에서 블루라군만큼이나 따뜻한 사람들도 만났다. 아버지 환갑을 맞아 여행을 왔다는 미국에서 온 부자父子였다. 모녀 혹은 모자 여행은 많이 봤는데 아버지와 아들이 함께 여행하는 모습은 내게 처음이었다. 아버지는 이민 1세대였고, 아들은 최근 미국에서 대학 졸업 후 취업에 성공했단다. 이번 여행은 아버지를 위해 아들이 몰래 준비한 깜짝 선물이었다. 아버지는 무척이나 아들을 자랑스러워했다. 아는 사람 한 명 없는 미국이란 나라에 이민 가서 정착하기까지 긴 세월 동안 겪었을 말 못할 역경들은 아들의 성공 앞에 한 번에 사라졌을 것이다. 연신 아들을 칭찬하는 아버지의 모습이 보기 좋았다. 아들을 바라보는 아버지의 표정이 훈훈했다. 그런 아버지 앞에서 쑥스러워하는 아들의 모습도 풋풋했다.

한국에 계신 부모님이 생각났다. 일본으로 첫 온천 여행을 갔을 때 아이처럼 좋아하셨던 엄마 표정이 떠올랐다. 내가 받은 것에 비하면 그 정도 여행은 빙산의 일각에도 미치지 못할 텐데 엄마는 연신 돈 많이 썼을 거라며 미안해하고 고마워하셨다.

결혼을 하니 친정 엄마에 대한 마음이 더 애틋해졌다. 한 가정을 만들고 지켜나간다는 것이 얼마나 힘들고 고귀한 일인지를 알게 됐기 때문이다. 모든 부모님의 마음이 매한가지일 것이다. 한없이 주고도 모자라지 않을까를 걱정하는 마음, 본인의 희생은 생각하지 않은 채 자식이 건강하게 장성했음에 감사하는 마음, 자본주의 논리로는 도무지 이해할 수 없는 세상에 남아 있는 얼마 되지 않는 고결한 가치인 '엄마.' 신이 모든 곳에 존재할 수 없어 엄마를 내려 보냈다는 누군가의 말처럼 불안한 시대를 살아가는 우리들 곁에는 엄마라는 천사가 있다.

그날 저녁, 그 아버지께서 추천해 주신 브런치 레스토랑에 갔다. 말씀에 따르면 미국에서 먹어 본 그 어떤 브런치보다 맛있었다는 것이다. 실상은 맛이 없지는 않았지만 그렇게 극찬할 정도는 아니었다. 짐작해 보건데 정말 형편없는 레스토랑에 갔더라도 그분에게는 지금까지 접해 본 어떤 음식보다 맛있는 음식이었을 것이다. 블루라군 역시 지금까지 가 본 그 어떤 장소보다 멋진 장소로 기억될 것이다. 부모님의 마음이란 그런 거니까. 세상 가장 추운 곳에서, 세상 가장 따뜻함을 만났다.

한낮의 어둠마저 사랑할 수 있을 때

부탄, 네덜란드 등과 함께 꼭 등장하는 행복 단골 국가 '아이슬란드.' 하지만 나는 아이슬란드에 있는 동안 이 공식을 전혀 이해하지 못했다. 매서운 날씨 때문이었다. 겨울의 아이슬란드는 오전 9시가 되어도 해가 뜨지 않는다. 하루에 한 4~5시간 정도만 약간 밝은 편에 속했다. 이렇게 어두운 아침을 맞이하는 나라가 지구상에 몇 곳이나 존재할까. 게다가 하루가 멀다 하고 눈보라가 몰아쳤다. 이에 비하면 혹독하다고 부르짖었던 독일의 겨울은 오히려 살만하다 싶었다.

최악의 환경 속에서도 그들은 행복하다고 자부한다. 왜?

에릭 와이너Eric Weiner의 『행복의 지도』를 통해 아이슬란드 사람들의 행복에 대해 넌지시 들은 바 있지만, 혹한의 날씨와 이로 인한 각종 계획의 취소로 우리야말로 와이너가 되어 가고 있었다[저자의 성姓인 '와이너Weiner'는 징징거리는 사람, 즉 우리 식으로 하면 '불평 대마왕'

정도의 단어 '와이너whiner'와 발음이 같다. 이름 탓인지 와이너 역시 신랄한 신문기자로 유명하다]. 그의 책에 의하면 아이슬란드가 행복한 이유는 실패와 변화를 사랑하기 때문이라고 한다.

그렇다면 어떻게 해야 실패와 변화를 사랑할 수 있을까? 그것은 긍정 혹은 부정을 어떤 마음으로 받아들이느냐에 있다. 생각해 보면 고통 역시 삶의 한 요소인데 고통을 없애야 할 존재로만 여겼다. 받아들이기보다는 밀쳐 내는 데 골몰했고, 불만거리를 찾는 데 전력을 다했다.

지금의 나 역시 줄곧 날씨 탓을 하며 짜증을 냈다. 이미 독일의 우울한 날씨에 이골이 난 상태여서 더 그랬던 건지도 모르겠다. 편두통을 유발하는 독일의 어둠을 피해 아이슬란드로 왔는데, 더 깊은 어둠을 만난 것이다. 행복해지기 위해 찾아온 여행에서 불행을 마주한 순간. '행복이란 것이 과연 존재하기는 하는 것일까?'를 곱씹게 됐다. '행복'이란 진부하고도 해묵은 단어에 짜증이 났다. '굳이 행복해야 할 이유는 뭐람?' 쓸데없는 장난감 정도로 치부해 버리고 싶었다.

행복에 대한 많은 정의가 있지만, 가장 수긍하는 말은 "진정한 행복은 남의 불행이다"였다. '사촌이 땅을 사면 배가 아프다'라는 속담은 허를 찌르는 말이 아닐 수 없다. 우리는 행복의 성적을 남과의 비교를 통해 매긴다. 타인과의 격차, 지금 내 위치에 따라 행복과 불행이 오간다. 나는 지금 독일과의 날씨를 비교하며 내 발로 불행의 덩굴을 향해 성큼성큼 들어가고 있었다.

눈으로 뒤덮인 황량한 먼 산을 공허하게 바라보다 스치는 매서운 바람에 정신이 들었다. 따지고 보면 아이슬란드의 겨울을 모르고 온 것도 아니었다. 나는 알고도 왔다. 굳이 왜 비싼 돈까지 들여 여기까지 와서 이렇게 짜증을 내고 있지? 아이슬란드는 죄가 없었다. 이곳을 받아들이는 내 자세에 문제가 있을 뿐이었다.

종잡을 수 없는 얄궂은 날씨에도 행복하다고 말하는 아이슬란드 사람들. 실제로 길거리에서 만난 사람들의 표정은 추운 날씨에도 불구하고 하나같이 밝았다. 심지어 상점 안에서도 밖으로 보이는 우리들에게 "안녕!" 손 인사를 하고 있었다. 미소는 덤이었다.

그들을 보니 내게도 이곳을 즐길 수 있는 에너지가 서서히 생성되고 있음을 느꼈다. 아이슬란드 사람들에게 겨울은 이겨내야 하는 것이 아니라 즐겨야 할 또 하나의 계절이었으며, 그들은 겨울이 가면 봄이 올 것이라는 너무나 당연한 계절의 이치를 이미 체득하고 있었다. 척박함마저 아름다움으로 승화시킬 수 있는 아이슬란드인들이야말로 진정한 행복 사냥꾼이었다. 한낮의 어둠마저 사랑할 수 있을 때, 비로소 나는 행복을 껴안을 수 있었다.

한낮의 어둠마저 사랑하게 될 때, 세상이 밝아졌다.

영혼을 치유하는 곳

아이슬란드가 매력적이었던 이유 중 하나는 세계 최고를 자랑하는 독서율이었다. 아이슬란드는 세계에서 인구대비 출판율이 가장 높은 나라다. 국민 열 명 중 한 명이 작가이며 국가가 작가에게 보조금까지 준단다. TV 시청률 황금시간대에 독서토론회가 편성되어 있다. 몇 개 되지 않았던 독서프로그램마저 사라진 한국의 사정과는 정반대다.

이러한 풍토가 자리 잡을 수 있었던 요인은 오래전으로 거슬러 올라가는데, 아이슬란드 국립 박물관은 독서교육의 역사를 친절하게 설명하고 있다. 아이슬란드는 17세기부터 책의 중요성을 인식했고 18세기부터 교회 주도의 독서교육이 이루어졌다. 독서수업 및 독서시험도 있었다고 하니 얼마나 독서교육에 심혈을 기울였는지 고개가 끄덕여진다. 그 덕택에 아이슬란드는 자신들의 전통 문학인 '사가 문학'의 보존을 넘어 발전을 거듭하고 있다.

레이캬비크 시내엔 서점이 참 많았고 책 읽는 사람 역시 흔하게 눈에 띄었다. 책 읽는 모습은 남녀를 불문하고 아름답다. 한 장 한 장 페이지를 넘기는 손가락, 활자를 따라 움직이는 눈빛, 때때로 무언가를 생각하는 듯한 표정, 잔잔하게 미소 짓는 입꼬리. 내적인 지식에서 스며나오는 사유의 미가 그들을 범접할 수 없는 아름다움으로 휘감고 있었다.

한참 동안 책 읽는 사람들을 구경했다. 책을 읽는 것뿐만 아니라 책 읽는 사람을 보는 것만으로도 감흥이 될 수 있음을 책의 나라, 아이슬란드에서 알게 되었다. 활자에 녹아있을 수많은 지혜들, 그것을 읽으면서 느꼈을 다양한 빛깔의 감동들을 생각하면 왠지 모를 뭉클함이 생긴다.

고대 그리스 테베의 도서관 입구에는 '영혼을 치유하는 곳'이란 글이 새겨져 있었다고 한다. 심신이 지쳤을 때, 복잡한 일로 머리가 지끈거릴 때 아이슬란드 서점에서 나직이 책을 읽던 사람들의 그 평온한 풍경을 생각하면 이상하게 치유가 되곤 했다.

레이캬비크 시내 서점 풍경

나도 직업 부자가 되고 싶다

2018년 러시아 월드컵 때 아이슬란드는 큰 관심을 받았다. 축구 강국 아르헨티나를 상대로 무승부의 쾌거를 거둔 것뿐만 아니라, 역대 월드컵 출전국 중 가장 인구가 적은 나라에서 출전한 선수들의 독특한 이력이 한몫을 했다. 헤이미르 하들그림손 감독은 치과의사, 골키퍼 하네스 할도르손은 영화감독, 수비수 비르키르 사이바르손은 소금 포장 공장에서 일했다. 사람들은 직업 부자인 그들을 놀라워했으며, 평범한 사람들이 한마음으로 빚어낸 그 광대한 에너지에 열광했다.

한 사람이 여러 개의 직업을 갖고 있다는 것. 평생 한 직장 혹은 많아봐야 두세 개 정도의 직업을 갖는 게 전부인 우리의 개념으로는 이해하기 어려운 대목이다. 하지만 아이슬란드 사람들에게는 당연한 일이다. 우리가 묵었던 숙소의 호스트 역시 임대뿐만 아니라 교사와 여행사 운영을 겸하고 있었다.

아이슬란드인 중 하나의 직업으로 사는 이는 드물다. 그들은 하고 싶은 건 다 하고 사는 사람들인 셈이다. 이 부분 역시 이 나라 사람들이 행복한 이유일 것이다. 인생에서 좋아하는 일을 직업으로 삼는 사람이 얼마나 될까? 더욱이 그 직업을 지속적으로 이어나갈 수 있는 이는 몇이나 될까? 이번 여행에서 우리가 부쩍 많이 했던 말이 있다.

"백세시대라는데 우리 앞으로 뭐 해먹고 살지?"

나는 그래도 하고 싶었던 일을 직업으로 삼게 된 행복한 사람 중 한 명이다. 방송작가가 되고 싶다는 10대의 꿈을 이뤘고, 아등바등 어떻게 버티다 보니 10년 넘게 업으로 유지하고 있다. 그렇지만 앞으로 이 일을 계속할 수 있을 거라는 확신은 없다. 방송계는 빛의 속도로 변해가는데, 그 속도를 따라가는 건 내 나이뿐이다. 나이가 들면서 소위 말하는 '감'이라는 것도 잃어 가는 것 같고, 후배들은 치고 올라오고, 동료들은 죄다 나보다 잘나가는 것 같고, 한창 올라가야 할 시기에 독일의 시골에 눌러앉아 있으니 과연 방송작가로서의 내 경력은 어디로 향할 수 있을까. 줄줄이 소시지마냥 늘어놓는 신세 한탄에 현업에 종사하고 있는 미나 역시 고민은 매한가지라고 했다.

나이가 들수록 밥벌이의 무거움은 육중해진다. 이런 우리의 마음을 아는지 모르는지 새하얀 눈은 소복소복 쌓여만 갔다. 행복한 나라 아이슬란드에 왔다고 해서 행복해진 것도 아니고, 직업이 다양한 나라 아이슬란드에 왔다고 해서 제2의 인생으로 향하는 문을 찾은 것도 아니다. 여행을 떠나면 현실의 문제를 풀 수 있는 실마리를 찾을 수 있을 것 같지만, 그 또한 방송과 여행 에세이가 만들어 낸 허상일지도 모른다.

하지만 아이슬란드 사람들을 보며 깨닫게 된 것이 하나 있다. 방송작가가 아닌 전혀 다른 분야에 내 머리와 가슴이 원하는 일이 있을 수도 있다는 가능성, 바로 그것이다. 4차 산업혁명이 시작된 이 최첨단시대에 나는 너무 한 직업만을 고수하며 고리타분한 편견에 갇혀 있었던 것은 아닐까.

"저는 낮에는 북 카페를 운영하고, 밤에는 글을 써요.
그리고 주말에는 가드너 및 문화해설사로 활동하고 있어요."

뭐 이런 식으로 멋지게 나를 소개할 수 있는 날이 오지 말란 법도 없다. 눈치 보지 말고 재지 말고 따지지도 말고 하고 싶은 게 생기면 할 수 있는 데까지는 다 해 보고 살아야겠다. 나도 직업 부자가 되고 싶다. 일단 하고 싶은 일을 저축해야겠다.

욕망의 아이콘, 오로라는 있다? 없다?

아이슬란드에 온 첫 번째 이유는 '오로라'였다. 백과사전은 오로라를 '태양에서 날아온 대전입자가 지구 자기장과 상호작용하여 발생하는 대규모 방전현상'이란 아주 거창하고 어려운 단어로 설명하고 있지만, 이런 사전적인 문장보다는 이를테면 북아메리카 인디언들이 지칭했다는 '정령들의 춤' 같은 조금은 비현실적인 설명이 더 와닿는 것이 오로라의 존재다. 지구와 태양 간의 상호작용이라고 한정 짓기엔 오로라가 가진 신비로움은 설명하기 힘든 광활한 황홀경이 있다.

아이슬란드로 출발하기 전부터 오로라 관련 앱과 웹사이트를 들락거리며 부지런히 오로라의 이동을 주시했다. 우리가 여행하는 기간 동안 오로라 지수는 매우 낮았다. 그럼에도 불구하고 일정 중 하루는 볼 수 있지 않겠느냐며 굳이 기대감을 낮추지 않았다.

하지만 예측은 정확했다. 악천후로 시작된 아이슬란드 여행은 시종일

관 이어져 결국 악천후로 막을 내렸다. 신은 하늘에서 춤추듯 내려오는 한 편의 마술 같은 그 빛의 향연을 마주할 기회를 내게 허락하지 않았다. 진정 오로라는 신의 은총을 받은 이들만 볼 수 있는 위대한 선물인 것일까.

막연히 오로라를 보고 싶어 했던 것은 많은 이들이 일생에 보기 힘든 명장면이라고 입을 모아 말했기 때문일 수도 있다. 우리는 지금 내가 서 있는 곳이 아닌 닿기 어려운 곳, 지금 내가 갖기에 쉽지 않은 것, 저 멀리 있는 신기루를 열망한다. 희소가치가 높을수록 열망 지수도 높아진다. 욕망의 역설은 사라지지 않는 화수분의 원리에 있다. 신기루에 도달했을 때의 만족도 잠시 또 다른 신기루를 찾아 나서는 것이 욕망의 동력이자 속성이다.

나는 오로라에 대한 욕심을 버리자고 스스로를 다독였다. 하지만 이것은 오로라를 못 본 아쉬움을 욕망의 덧없음으로 덮어 보려 한 얕은 수작에 불과했다. 불행히도 오로라에 대한 열망 지수는 여행이 끝난 지금도 최고조 상태를 유지하고 있기 때문이다. 언제가 다시 한 번 오로라를 보러 올 것이라며, 재방문의 빌미를 확실히 남겨둔 채 아이슬란드를 떠났다. 인정하기 싫지만 결국 나는 욕망을 욕망하는 욕망의 노예였다.

싱벨리어 국립공원Þingvellir National Park, 아이슬란드

낭만의 배경은 코펜하겐 니하운

한 편의 영화 덕택에 어떤 도시를 여행하게 되는 경우가 있다. 10년도 더 된 그 시절, 영화 〈화양연화〉를 보고 캄보디아를 갔었다. 남자 주인공이 오래된 석조 건물 구멍 사이에 대고 알 수 없는 말을 속삭인 뒤 진흙으로 메우는, 그 상징적인 앙코르와트에서의 마지막 장면이 잊히지 않아서였다. 〈냉정과 열정 사이〉를 본 뒤 나의 준세이를 만나겠다는, 지금 생각해 보니 말도 안 되는 꿈을 안고 피렌체로 향했던 적도 있었다.

덴마크 코펜하겐에 온 이유는 영화 〈대니쉬 걸〉 때문이었다. 최초의 트랜스젠더인 덴마크 화가 에이나르 베게너의 삶을 조명한 영화. 주인공인 에디 레드메인 그 자체가 작품인 영화이기도 하다. 남자에서 여자로 정체성을 찾아가는 섬세한 감정선의 변화가 햇빛을 한 몸에 품은 니하운의 정취 속에서 한 폭의 그림처럼 펼쳐진다. 언젠가 한 번 그 무대를 내 눈으로 조우해 보고 싶었다.

시린 겨울, 만나게 된 니하운 운하는 생각보다 작았지만 정취는 상상했던 그대로였다. 도심 속 유유히 흐르는 강물 위에 섬세한 붓으로 터치한 듯 알록달록한 색을 입고 늘어선 건물은 한 폭의 수채화였다. 자유로운 섬세한 예술가가 살아가기에 더할 나위 없는 '낭만적인 도시' 같았다.

'낭만'이란 단어에 대한 이미지는 여러 형태로 나타날 수 있을 것이다. 낭만의 언어는 음악이어야 한다거나, 낭만의 배경은 가을이어야 한다거나 혹은 낭만의 의상은 트렌치코트여야 한다던가. 작가 권리는 소설 『그녀의 콧수염』에서 '동물적인 낭만이란 없다. 낭만은 언제나 식물적이다'로 낭만을 표현하기도 했다.

만약 내게 '낭만'이라는 단어를 하나의 풍경으로 묘사하라고 한다면, '니하운 운하'를 그릴 것이다. 지금껏 내가 꿈꿔 왔던 낭만과 가장 비슷한 옷을 입은 장소였다. 따뜻한 만남을 부추기는 차가운 공기, 정박하거나 혹은 떠나가는 배들, 각자 다른 색깔이지만 묘하게 어울리는 집들, 고독함을 입었으나 설렘을 신고 추운 공기 속 걸음을 재촉하는 사람들, 이런 대비야말로 낭만을 극대화해 주는 재료들이었다. 혹시 내게도 영화 같은 일이 일어나지 않을까 하는 기대감을 주기에 충분히 낭만적인 도시, 코펜하겐의 첫인상이었다.

창문 너머 그대들은 지금도 뜨거운가요?

그곳엔 젊은 남녀가 살고 있었다. 연인은 조금 이른 저녁이면 끊임없이 서로를 탐했다. 우리가 머물렀던 숙소 맞은편 건물의 이야기다. 덴마크에 있는 동안 코펜하겐 시내의 작은 아파트를 빌려 지냈는데 주변 건물 전체가 도로 쪽으로 창이 나 있어서 바로 앞집의 실내가 훤히 다 들여다보였다. 주방에서 음식을 만들려고 하는데 안 보려야 안 볼 수 없는 정사. 저렇게 적나라하게 사랑을 나누는 모습을 육안으로 본 것은 처음이었다.

나와 미나는 할 말을 잃었다. 어쩔 수 없이 볼 수밖에 없는 내가 도리어 민망한 건 단순히 동서양의 문화 차이일까. 괜한 겸연쩍음과 함께 들었던 생각은 '저런 열정이 나에게 남아 있을까?'라는 시시한 물음이었다.

결혼을 하고 나서는 사랑의 동력이 시들해졌다. 식었다기보다는 대체

적으로 평균 속도로 움직인다고 하는 것이 맞겠다. 그리고 그 속력은 꽤나 느린 편이다. 때론 빠르게 때론 느리게 자기 마음대로 변주하는 사랑의 속성이 싫어서 결혼을 선택한 것도 있다. 나이를 먹으면서 열 정보다 안정에 마음이 기울었으며 만남, 사랑, 싸움, 이별의 그 패턴 이 지겹기도 했다.

하지만 사람이 참 간사해서 심장 간지러운 두근거림, 나 스스로도 감 당이 안 되는 뜨거운 열정, 휘몰아치는 그리움과 같은 미시적인 감정 들의 편린이 그리울 때가 있다. 때때로 결혼하지 않은 이들의 연애담 을 들으며 대리만족을 하기도 한다.

물론 다시 선택하라고 한다면 같은 선택을 할 것 같기는 하다. 더러 느린 속도라 해도 그와 나는 단 한 번도 멈춘 적은 없기 때문이다. 소 설가 성석제는 "사랑, 그리고 자전거, 시와 노래는 모두 같은 원리에 의해서 움직인다"고 했다. 그 원리가 바로 세상을 움직이는 원리인데, 계속 가지 않으면 쓰러진다는 것이었다.

사랑이라는 감정은 연애라는 단어 속에서는 멈출 수도 있지만, 결혼 이라는 제도에 가두게 되면 계속 나아갈 수밖에 없게 된다. 더러 정차 하고 싶을지라도 그 이유를 더 고민하고 좀 더 나은 방향을 향해 노력 하게 된다. 탑승자가 나 혼자가 아니기 때문이다. 제도의 힘은 이처럼

막강하고 무섭다. 섣불리 궤도를 이탈하는 일은 생각처럼 쉬운 일이
아니다.

결혼이란 끊임없이 함께 움직이는 것이었다. 자전거 페달을 힘차게
밟아야 나아갈 수 있듯 끊임없는 움직임만이 우리를 앞으로 향하게
한다. 속도가 느려도 괜찮다. 우리는 계속해서 나아가고 있으므로.

첫 월급으로 의자를 산다고?
의자에 아로새겨질 삶의 흔적

오자와 료스케의 『덴마크 사람은 왜 첫 월급으로 의자를 살까』. 처음 이 제목을 봤을 땐 '음… 우리나라 사람들은 첫 월급을 타면 내복을 사는데, 이 나라 사람들은 의자를 산다고? 대체 왜?' 궁금증이 일었다. 의자와 내복의 차이는 두 나라의 사뭇 다른 풍속도를 상징적으로 나타낸다.

덴마크 사람들은 왜 첫 월급으로 의자를 살까? 작가의 설명에 의하면 그들은 의자를 '단순한 가구'가 아니라 시간과 돈을 들여 갖추는 '개인적이고 사적인 공간'으로 여기기 때문이란다. 이러한 사고방식의 차이가 마음을 풍요롭게 하고 행복의 바탕을 이룬다. '인생'은 바꿔 말하면 '시간'이고, 그 시간을 보내는 '공간'이야말로 행복의 원천이라는 게 그의 주장이었다.

이 책을 읽기 전까지, 북유럽을 여행하기 전까지는 노르딕의 행복 비결 1순위는 복지라고 여겼다. 복지정책을 통한 생활의 안정이야말로 행복의 기본 바탕이라는 게 정설이니까. 하지만 그것은 거시적인 관점에 불과했다. 행복의 요인은 복지뿐만 아니라 음식, 책 등 너무나 다양했으며 '의자'라는 작가의 주장 역시도 꽤 설득력 있게 다가왔다.

'의자'라는 개념은 사적이다. 가구들 가운데 주인과 가장 자주 만나는, 완벽한 일체를 이루는 물건이다. 우리가 일을 하고 밥을 먹고 휴식을 취하는 이 모든 장소는 다름 아닌 의자다. 그러한 성질 때문에 멜로 영화에서는 큐피드 역할을 하기도 한다. 영화 〈라이크 크레이지〉에서 가구 디자이너인 남자 주인공이 여자친구에게 처음으로 선물한 것도 의자였다. '라이크 크레이지LIKE CRAZY'라는 간지러운 문구와 함께.

단 한 사람을 위해 특별한 의자를 만든다는 것은 당신의 삶을 공유하고 싶다는 표현일 것이며, 나만을 위한 의자를 큰돈을 내고 산다는 것은 그만큼 삶의 공간에 투자하겠다는 의지의 표현일 것이다.

고심 끝에 산 의자는 오랫동안 사용자와 함께하면서 삶의 일부로 자연스럽게 스며든다. 그래서 북유럽 사람들은 가구에 홈집이 나면 수선을 하거나 새로 사기보다는 '이 홈집을 어떻게 멋스럽게 남길까?'를

고민한다고 한다. 흠집 역시 하나의 디자인이 된다. 그들은 세월의 흔적을 소중히 여길 줄 아는 멋진 사람들이다.

북유럽을 다니면서 많은 의자들을 마주했다. 디자인 강국다운 이색 의자, 명품 의자는 말할 것도 없었으며 성당, 레스토랑, 휴게실의 의자조차 나름의 특색을 가지고 있었고, 군더더기 없는 사용자 중심의 디자인으로 자신의 역할에 충실하고 있었다.

봄, 여름, 가을, 겨울. 이 의자들에게는 얼마나 많은 사람들이 다녀갔을까. 아마도 여러 사람들의 사연을 들었을 테고 때로는 웃음도 눈물도 보았을 것이다. 이 모든 것들을 보고 듣지만 묵묵히 자리만 내어 주는 의자의 역할은 삶에 지친 우리네에게 얼마나 큰 위로를 주는지….

나는 갤러리에서 그림을 보다가 잠시 앉아 쉬어 가기도 했고, 맛있는 음식을 먹기 위해 레스토랑 의자에 앉았으며, 의자 자체가 편해 보여서 철퍼덕 퍼질러 앉기도 했다. 이유는 다양했지만 결론적으로 의자에 앉는 최종 목적은 '쉬기 위함'이다. 그렇게 보니 의자에게 대단히 고맙다는 생각이 들었다. 여행이 끝나고 집으로 돌아가면 내 자리를 지키고 있을 의자에게 고맙다는 말을 해야겠다고 다짐했다. 덧붙여 우리 집 거실, 내 자리에 내 의자가 가지런히 놓여 있을 것이라고 생각하니 왠지 마음이 놓였다. 내 생을 가만히 지켜봐 주는 존재. 마치

아군이 생긴 것만 같은 기분이었다. 비로소 왜 덴마크 사람들이 첫 월급을 타면 의자를 사는지 이해할 수 있게 됐다. 첫 월급은 이미 지나도 한참 지났고, 삶의 한가운데 어떤 잊을 수 없는 기념일이 오면 좋은 의자를 하나 사고 싶다. 때로는 거칠고 때때로 안락할 내 삶의 산중인이자 쉼터가 될 의자를.

가장 아름다웠던 순간의 농축점, 루이지애나

'세상에서 가장 아름다운.' 여행을 하게 되면 참 많이 듣게 되는 수식어다. 세상에서 가장 아름다운 카페, 전망대, 레스토랑, 궁전 등 손으로 일일이 다 꼽을 수 없을 정도로 많은 명소들.

덴마크의 루이지애나 미술관 역시 그런 수식어가 붙는다. 세상에서 가장 아름다운 미술관으로 늘 상위권을 달리는 장소이기에, 갈까 말까를 고민하다가 역시나 '세상에서 가장 아름다운'이라는 그 말에 또한 번 끌려 속는 셈 치고 가보자는 심정으로 기차에 몸을 실었다.

코펜하겐에서 기차로 30분 좀 넘게 가다 보면 미술관에 도착한다. 입구는 보통의 미술관과 크게 다를 바 없다. 평범하다면 평범할 수 있는 외관인데, 미술관 안으로 한 발자국 들어가면 이 미술관의 출구 없는 매력에 빠져들게 된다.

루이지애나 현대미술관Louisiana Museum of Modern Art, 덴마크 코펜하겐

미술관은 외벽일 뿐 전체가 하나의 자연이라는 인상을 준다. 자연을 훼손하지 않고 그대로 살려 둔 채 미술관이라는 테두리만 씌운 느낌이랄까. 자연을 액자 삼은 확 트인 공간은 왜 이곳을 세상에서 가장 아름다운 미술관이라고 하는지 확신을 주고도 남았다.

미술관이라기보다는 해변 시민 공원에 더 가까울 수도 있겠다. 실제로 덴마크 학생들의 소풍, 가족·연인들의 짧은 나들이 장소로 인기가 높은 곳이다. 잔디에 누워 책을 보기도 하고, 해수욕을 즐기기도 하고, 산책을 하는 등 미술관은 시민들을 위한 아름다운 휴식 공간으로 자리하고 있었다.

그래서일까. 미술관 속 작품들 역시 굉장히 편안한 모습으로 미술관과 어울림을 하고 있었다. 자연과 친구가 된 루이지애나에서 독보적인 존재감을 드러냈던 것은 자코메티의 작품이었다. 다른 미술관에서도 자코메티의 작품을 여러 차례 감상했지만 루이지애나는 진정으로 그의 작품을 잘 살린 공간이었다. 호수를 배경으로 우뚝 서 있는 깡마른 인물은 마치 저 호수에서 걸어 들어 온 듯한 착각을 불러일으킨다.

뼈만 앙상하게 남은 가늘고 긴 인체상은 마치 투명한 호수에서 모든 것을 해탈하고 갓 나온 듯했다. 얼굴에선 연못만큼이나 투명하고 깊은 사유의 세계가 느껴졌다. 추운 겨울날 들르게 된 미술관에서 조우

한 자코메티의 작품은 매서운 찬바람에 맞서 꿋꿋이 헤치고 나아가는 강인함 혹은 혼자서 찬바람에 맞서 나아갈 수밖에 없는 차가운 고독을 투영하고 있었다. 얼핏 보면 너무 가늘어서 바람에 쓰러질 것 같지만, 그는 결코 넘어지지 않을 것이다. 퍼내고 퍼내도 고갈되지 않는 삶에 대한 애착이 있기 때문이다. 바람에 맞선 오늘을 잘 살다 보면, 봄이 올 것이라고 조용하지만 묵직한 울림을 전한다.

루이지애나의 봄은 어떤 모습일까. 봄, 여름, 가을 모든 계절의 모습이 궁금하다. 계절의 변화에 따라 이 미술관은 전혀 다른 옷을 입을 것이다. 루이지애나 미술관은 덴마크 여행이란 계절로 보자면 가장 아름다웠던 계절의 순간이었다. 여행을 스펙트럼처럼 펼쳐 놓았을 때 최고로 멋진 모습이 농축되어 있는 시공간, 루이지애나. 이곳에서는 자코메티뿐만 아니라 모든 것들이 예술이었다. 하늘도, 바람도, 공기도, 햇살도, 바다도, 아이들도, 어른들도, 당신도, 나도…. 그렇게 나는 잊지 못할 아주 특별한 하루를 건네받았다. 느긋이 바다를 조우하며 아릿하게 꿈꿨던 나의 미래는 덤이었다.

결혼은 여행 기념품도 바꿔 놓는다

결혼을 하고 극명하게 달라진 취향이 하나 있다. 옷보다 그릇이 더 좋아졌다는 것이다. 혼자일 때는 그릇에 대한 관심이 전혀 없었다. 음식을 잘 해 먹지도 않았을 뿐더러 오히려 그릇을 수집하셨던 어머니를 이해하지 못했다. 하지만 결혼을 하고, 언젠가부터 옷보다 그릇 사는 걸 더 좋아하는 나를 발견했다. 나 스스로도 이해가 안 되지만 주방에서 음식 만드는 건 싫어도 그릇은 좋다. 예쁜 옷처럼 아름다운 그릇에 마음이 갔고, 그릇장에 가지런히 놓여 있는 그릇을 보노라면 묘하게 마음이 편안해졌다. 세상사 온갖 번뇌들이 접시의 우아한 곡선 저 아래 깊은 언저리로 홍건히 빨려 들어가는 것만 같았다.

책, 마그네틱 일색이었던 여행 기념품 리스트에도 그릇이 추가되었다. 그래서 그릇 천국이라 불리는 북유럽에 대한 나의 기대감은 컸다. 대부분의 북유럽 그릇은 심플하다. '북北'이라는 단어에서 연상할 수 있듯 추운 기후의 영향도 있을 것이다. 북유럽은 1년을 통틀어 맑은

날보다 흐리고 우울한 날이 더 많다. 그래서 그들은 밖에서 보내는 시간보다 집안에서 가족과 함께하는 시간이 많을 것이고, 오래 보면 질리는 화려함 대신 실용성과 간결함을 주방의 테마로 선택했다.

질리지 않는 디자인의 배경에는 자연과의 조화를 이룬 사람 중심의 철학도 빼놓을 수 없다. 북유럽 그릇의 역사를 보면 대개 자연에서 영감을 받은 시리즈들이 많다. 이딸라의 디자이너 미카엘 실킨은 "핀란드의 독창적인 색은 자연 속에서 찾을 수 있는 섬세하고 우아한 색깔이어야 한다"라고 말하기도 했다.

많은 그릇에는 디자이너의 철학이 담겨 있다. 때문에 이야기가 있는 그릇에 또 다른 나만의 이야기를 담아낸다는 것은 일상적이지만 가치 있는 일이다. 여행지에서 산 것, 선물로 받은 것, 벼룩시장에서 흥정을 거듭해 구입한 것, 벼르고 벼르다 돈을 모으고 모아 어렵게 내 손안에 들어온 귀한 것들까지 찬장에 차곡차곡 쌓여 있는 그릇들은 저마다의 역사를 품고 있다. 특히 여행지에서 산 그릇들은 훨씬 더 이야기에 감칠맛을 더해 준다. 사용할 때마다 여행의 시간을 떠올리게 하는 촉매제 역할을 한다. 그렇게 식탁 위에선 맛있는 이야기가 켜켜이 쌓여 간다.

나는 이번 여행에서 아라비아 100주년 기념 시리즈 컵을 샀다. 흰색

바탕에 파란 새가 그려져 있다. 이따금씩 이 컵에 커피를 따라 마시며 핀란드의 하얀 눈과 파란 하늘을 떠올린다. 그 세상 위를 새처럼 자유롭게 누비는 상상과 함께.

"남는 건 사진밖에 없다", 기억을 보살피는 기록

"남는 건 사진밖에 없다"라는 말에 흥~ 하던 시절이 있었다. 20대의 나와 미나는 사진을 잘 찍지 않았다. 설령 찍는다 해도 대부분이 풍경일색이었고, 개인 사진은 거의 찍지 않았다. 어쩌다 한 번 세계적인 명소에 가게 되면 마치 하기 싫지만 해야 할 일을 처리하듯 무심히 한 컷 찍고 말 뿐이었다.

무엇보다 사진에 흥미가 없었고, 뻣뻣한 성격 탓에 카메라 앞에서 포즈를 취해야 한다는 것이 부담스러웠으며, 여행이란 모름지기 이 순간에 집중하는 것이 최고라는 허세 아닌 허세가 있었다. 패기가 세월을 앞선다고 믿었던 젊은 시절이었다. 마치 세월이 우리만 피해갈 것처럼, 늙음이란 것은 절대 오지 않을 것처럼, 젊음을 믿었고 낭비했다. 무언가를 남기는 것에 회의적인 시절이었다.

그렇게 호기롭게 여행이란 '기억으로 체화'하는 것이라고 생각했는데, 언젠가부터 기록으로 남기고 싶다는 생각이 들었다. 기억력이 퇴화하면서 불완전한 기억의 속성을 감지하기 시작한 30대 중반부터였을 것이다.

인간의 '기억'이라는 것은 한계가 있다. 언젠가는 이 순간을 기억하지 못할 날이 올 수도 있다는 예감이 불현듯 일었다. 갈수록 가속도가 붙는 세월의 법칙이 10년 전보다 훨씬 더 무섭게 그리고 깊숙이 침투해왔다. 여행 장소는 그나마 어렴풋이 떠올랐지만 그곳에서의 나는 언젠가부터 희미해졌다. 그나마 젊은 시절의 나를 남기고 싶다는 욕망이 강하게 일었다. 여행지 자체보다는 그 멋진 장소에 있었던 젊은 시절의 나를 기록하고 싶었다.

이번 여행에서 미나와 나는 기억을 위한 기록을 많이 남겼다. 예전보다 감흥도 재기발랄함도 부쩍 줄어든 우리를 자책하며 콘셉트 사진용으로 에스토니아 탈린의 눈밭에서 한 판 뒹굴기도 했다. 눈밭을 뒹굴면서도 문득 서글픔이 흰 눈 사이로 스쳤다. 세월을 이기려는 발악 혹은 몸부림 같아서. 허무한 눈바람이 일었다. 그래도 그 한 장의 연출 사진 덕분에 지금 나는 그때를 회상하며 웃을 수 있게 됐다.

여행을 기억으로 체화하는 것과 기록으로 저장하는 것 어느 쪽이 옳을까. 정답은 없지만 적어도 내 경험에 비추어 봤을 때 기록은 확실히 기억을 보살펴 준다. 반대로 기억이 기록을 보살필 수는 없다. 기억이란 성질은 강하면서도 허약하다. 많은 사람들이 불완전한 기억을 묶어두고 싶어서 사진을 찍거나 글을 쓴다. 불완전한 나는 오늘을 기억하고 싶어서 쓰기를 멈추지 않는다.

의무투성이 인생이란

20대 때 명절은 여행의 적기였다. 비교적 긴 연휴와 보장된 시간, 남편이나 시댁을 챙기지 않아도 되는 걸릴 것 없는 솔로에게는 최적의 조건이었다. 친인척들의 결혼 잔소리에서 벗어나, 일상을 떠나, 낯선 곳으로 향한다는 것은 언제나 즐거운 일이었다.

결혼을 했더니 당연히 명절 여행은 사라졌다. 역시나 낯선 장소에 있긴 했다. 흔히들 '시월드'라 명명하는 그 장소에 덩그러니 놓여졌다. 사실 나는 시집살이에 대해 말할 처지가 못 된다. 고부갈등이랄 게 없었고, 결혼 후 첫 명절에만 시댁에 갔을 뿐 그 이후로는 가지 못했다. 방송기자였던 남편은 명절에 더 바빴고, 결혼 2년 차 때 독일에 왔으니 명절 고부갈등의 경험이 전무후무하다.

그래도 어쨌든 나는 결혼을 했고 며느리로서의 의무를 다해야 했다. 이번 여행 중에는 설날이 끼어 있었다. 부랴부랴 배송 가능 날짜에 맞취 시댁에 보낼 굴비를 주문했다. 인터넷도 잘 안 되는 핀란드 시골 마을에서 안테나가 잡히는 곳을 여기저기 찾아다니면서 말이다. 한국 연휴 시간에 맞춰 시차를 계산해 안부 전화를 드리는 것도 필수다. 결혼을 하진 않았지만 미나의 상황도 나와 크게 다르지 않았다. 그녀의 당시 남자친구 어머니는 본인 건강에 대한 염려 때문에 시시때때로 전화를 하셨고 시차 상관없이 문자 폭탄을 보내셨다. 의무는 아니었지만 어쨌든 어른이 연락한 것이니 거절할 수는 없었고 자상하게 응해 드려야만 했다.

이런 우리가 어색했다. 마냥 자유로운 영혼 운운하며 몽상가처럼 살 줄 알았다. 하지만 그것은 말 그대로 '몽상'이었다. 결혼 이후 이따금씩 내가 강한 생활인이 된 것 같은 느낌이 들 때가 있다. 바로 이런 순간에 말이다.

혼자일 때는 불안했다. 삶에서 한 1센티미터 정도 붕 떠 있는 듯한 내가 싫어서 결혼이란 관문에 입장했다. 하지만 세상에 공짜는 없어서 정서적 안정감은 아내, 며느리와 같은 새로운 이름의 책임감과 의무를 요구했다.

미국 드라마 〈위기의 주부들〉에서 르넷은 "인생이란 의무"라고 했다. 결혼을 하고 나서야 그녀의 대사가 무척이나 공감이 됐다. 그렇다. 정

말이지 인생은 의무투성이이다. 나이가 들수록 의무를 다해 행해야 할 일들이 더 많아진다. 여행 중 시댁에 명절 선물을 보내는, 예비 시어머니의 질문에 일일이 답변해 드리는 우리가 될 줄은 몰랐다. 그래서인지 결혼 3년 차와 결혼을 고민하는 30대 중반의 여자는 이번 여행에서 결혼 이야기를 참 많이 했다.

'내가 왜 결혼을 한 건지, 미나는 앞으로 결혼을 할지.
대체 결혼이란 무엇인지….'

우리는 결혼을 통해 한 사람을 사랑으로 신뢰하고 그 믿음을 근거로 서로에게 의무라는 족쇄를 채운다. 때때로 이 족쇄가 버겁기도 하다. 나는 미나에게 결혼이 인생의 의무는 아니라고 했다. 해 본 자의 여유라고 하면 할 말이 없지만 꼭 결혼을 할 필요는 없다는 게 20대부터 가져온 나의 견해다. 굳이 사회가 만들어 놓은 궤도와 궤를 같이 하라는 법은 없다. 남들이 해서 하는 결혼은 아니함만 못하다. 그러니 인생에 있어 의무를 다하고 싶은 사람이 생기면 그때 결혼을 생각해 봐도 늦지 않다. 지금 와서 생각해 보니 혼자 살아도 지켜야 할 의무가 너무 많은 피곤한 세상이기도 하다.

투르쿠 시내에서 조우한 웨딩숍.
이곳에서 우린 '결혼'이란 무엇인가를 한참 동안 얘기했다.

눈 내리는 날 숲가에 멈춰 서서

여행을 하다 보면 웅장한 건축물이나 거대한 대자연에 감탄할 때도 있지만 생각하지 못한 곳에서 마음이 동할 때가 있다. 아무도 살지 않는 작은 마을의 학교라든지 풀을 뜯고 있는 염소 한 마리까지. 평소라면 흘려버렸을 평범한 삶의 모습들이 더 크고 명확하게 가슴에 와 닿는 지점이 있다.

핀란드 투르쿠가 그랬다. 예상보다 핀란드에 꽤 오랜 시간 머물렀다. 흔히 잘 알려진 헬싱키, 디자인 천국이 아닌 핀란드의 다른 모습을 보고 싶어서 찾아갔던 투르쿠. 우리는 발이 푹푹 잠기는 눈밭을 걷고 걸어 이곳의 명소 투르쿠 성에 도착했다.

힘들게 도착한 그곳은 '성'이란 단어가 무색하게 느껴질 정도로 단출한 외관과 투박한 벽돌의 질감을 갖고 있었다. 중세 성이 아닌 수도원 혹은 수용소처럼 보였다. 겉으로 봤을 땐 허름해 보였던 투르쿠 성

〈투르쿠 성Turku Castle〉, 핀란드 투르쿠

의 내부는 우리의 선입견을 철저히 깨트렸다. 온갖 통로로 이어지는 내부는 엄청난 규모를 자랑했다. 투르쿠 성은 겉모습을 보고 판단하면 안 된다는 오래된 진리를 몸소 보여 주는 장소였다. 아마도 외세의 침입으로부터 보호하기 위한 책략이 아니었을까 추측해 보기도 했다. 급기야 보는 데 지쳐서 방 탈출 하듯 쫓기고 쫓겨 빠른 걸음으로 내부를 관람한 우리는 성 개방 시간이 끝나갈 무렵에 이르러서야 전시 지옥을 탈출할 수 있었다.

성에서 나오니 환한 태양이 노을빛으로 타더니 어느 순간 노을마저 쓰러지고 어둠이 드리웠다. 거리는 온통 눈이 쌓여서 아름답고 우아했지만 등불 하나 없는 어두운 밤을 걷는 심정은 이상야릇했다. 아직 갈 길이 멀었다는 막막한 두려움이 올라왔다. 미나와 나는 서로 말이 없었다. 그저 눈밭 위를 걸어갔다. '뽀드득 뽀드득' 눈 밟는 소리만이 정적을 깨울 뿐이었다. 마치 로버트 프로스트의 시 〈눈 내리는 저녁 숲가에 멈춰 서서〉의 한 장면 같았다. '숲은 아름답고 깊지만/ 내겐 지켜야 할 약속이 있네/ 아직 가야 할 길이 남아 있네.' 지금 이 순간은 칠흑같이 어두운 밤하늘과 새하얀 눈뿐이지만, 그 중간을 걸어가는 두 점에게는 목적지가 있었고 계속 걸어가야만 했다.

어둡고 깊은 것은 아름다움과 통한다. 깊은 눈동자가, 그리고 까만 밤하늘이 그러했다. 그 당시 우리는 가장 아름다운 시절에 가장 커다란

희망을 품고 걸어가고 있었다. 의심이 개입할 한 치의 겨를도 없이 한 발 한 발 흰 눈 위를 내딛었다. 아직 살아보지 않은 시간을 향해 걸어 갔다. 잠들기 전 몇 마일을 가야만 한다는 심정으로 욕심부리지 않고 가던 길을 계속 걸어갔다. 잔잔한 눈 속으로 고요하게 스며드는 달빛 을 받으며.

눈 덮인 눈의 고장, 핀란드 포르보

그리움으로 치환될 사랑하는 사람들,
알렉산더 네프스키 성당에서의 장례식

그날 오전의 날씨는 영하 15도였다. 에스토니아의 겨울은 혹독하리만치 추웠다. 올드타운을 산책하자며 길을 나섰지만, 바람에 떠밀려 도심 입구에 성당이 보이자마자 후다닥 안으로 들어갔다. 촐싹거리며 성당 문을 여는 순간 나는 숙연해질 수밖에 없었다.

장례식이 치러지고 있었다. 무정하리만치 파란 하늘과 차가운 공기 가운데, 주교님이 고인을 위해 미사를 집전하고 있었고 추모객들은 서로를 안아 주며 손을 마주잡고 있었다. 어떤 이는 먼발치에서 조용히 손수건에 눈물을 적셨다. 추모객들을 통해 유추해 보건데 나이 많은 어르신이 돌아가신 듯했다. 대부분의 추모객들이 할머니, 할아버지였다.

눈물이 팡그르 돌았다. 나이 든다는 게 죽는다는 게 서글퍼서, 혹은

〈알렉산더 네프스키 성당Alexander Nevsky Cathedral〉, 에스토니아 탈린

쓸쓸해서. 언젠가부터 결혼식보다 장례식에 참석하는 일이 더 많아지고, 오랜 세월을 함께한 친구들을 하나, 둘 떠나보내야 하는 삶의 끝자락, 그리고 나 역시 더 이상 세월이 기다려 주지만은 않음을 알게 될 때. 과연 그때 나는 어떤 생각을 하게 될까.

긴 생애에 대해, 그 인생 속에 얽혀 있는 긴 인연들을 떠올려 봤다. 사랑하는 이들이 떠나고 나면 치환될 단어는 '그리움'이다. 사람도, 젊은 시절의 내 모습도 모든 것들이 그리워질 것 같았다. 나이가 들면 그리워지는 것들이 많아진다. '오늘도 어제도 아니 잊고/ 먼 훗날 그때에 잊었노라'고 했던 김소월의 시는 처연하다. 어떻게 잊을 수 있을까. 소중한 사람을 보내야 하는 것, 그 큰 생의 덩어리를 묻어야 하는 것이 얼마나 힘겨운 일인지 겪어 본 사람은 안다. 살아있는 사람들은 어떻게든 또 하루하루를 살아내겠지만 마음엔 빠져나올 수 없는 깊은 그리움이 자리매김한다. 때때로 그리움이 예전 같지 않음에 미안해지는 순간이 오기도 한다.

탈린에서의 시작이 장례식이었기 때문일까. 유독 탈린에서는 그리웠다. 마지막 여행지여서 더 그랬을 수도 있다. 여행의 끝 무렵엔 늘 보고 싶다. 가족도, 고향도, 집도, 무지막지하게 싫었던 일마저도. 그 애잔함에 이끌려 집으로 돌아간다. 아마 이번에 내가 느낀 감정이 더 아릿했던 건 미나는 한국으로 가지만 나는 독일로 가야 하기 때문일 것이다. 그곳은 잠시 내가 머물고 있는 곳이지 진짜 내 집은 아니란 생각에 한국에 대한 뭉클한 그리움들이 마음에 지진을 일으켰다. 여행은 끝나가지만 지독한 그리움과의 싸움은 계속될 것이다. 그리움은 참 야속하다.

모든 것을 탕진해 버릴 수 있는 용기

누군가와 가까워지는 가장 좋은 방법은 경험을 공유하는 것이라고 생각한다. 10여 년에 걸쳐 같은 사람과 함께 여행을 했다는 것은 삶의 큰 축복 같은 것이었다. 미나와 나는 그동안의 여행을 통해 원래도 가까웠던 마음을 더 가까이 당길 수 있었다. 긴 세월에 걸쳐 서로를 지켜봐 왔다. 잊지 못할 순간도, 잊고 싶은 순간도 함께했다. 그 시간의 결속에서 각자 자신도, 우정도 성장했다.

함께 보고 듣고 느끼면서 일종의 크고 작은 축제들을 만들어 왔다. 여행 속 축제들은 일상에서도 간간히 불꽃을 터트리며, 지루한 몸과 마음에 새로움을 부여했다. 인생은 추억을 먹고 사는 것이라더니, 정말 그랬다. 여행을 하는 순간도 즐겁지만 반추하는 시간 역시 또 다른 행복이었다.

지금 미나와 나의 물리적 거리는 한층 아득해졌다. 그러나 "이 작은 별에서 아무리 떨어져 있다 한들 두 사람의 거리가 얼마나 되겠습니까"라고 말했던 핸리 데이비드 소로의 말을 증명이라도 하듯 우리는 더 깊은 우정을 이어가고 있다. 아마 그 비결 중 하나는 추억이 많아서일 것이다. 멀리 떨어져 있어도 생각 속에서 불러낼 수 있고 추억 속에서도 함께할 수 있으니 말이다.

언제든 추억을 불러낼 수 있는 내 삶의 증인이 있다는 것은 생각보다 더 든든한 일이었다. 우리는 다음의 추억 장소로 따뜻한 프랑스 남부 여행을 기약했다. 언제 출발할지는 기약이 없다. 나이를 먹을수록 여행의 걸림돌이 많아졌다. 30대 중반에 접어들면서 호기롭게 떠났던 즉흥여행의 횟수가 현격히 줄어든 것도 부인할 수 없는 사실이다. 여러 이유들이 있지만 무엇보다 여행을 망설이게 만드는 것은 두려움이었다. 내가 쌓아온 것을 잃을 것이란 걱정이 나도 모르는 사이에 움트고 있었다. 주변 사람을 챙겨야 하고, 돌아와서의 내 자리를 염두에

뒤야 하고, 통장 잔고를 보며 고민에 고민을 거듭해야 한다.

그럼에도 불구하고 우리는 떠날 것이다. 실패를 두려워하지 않을 용기, 잃어도 상심하지 않을 용기, 격정적인 삶으로 모든 것을 탕진해 버릴 수 있는 용기를 장착하고서 말이다. 그 용기를 실천했던 모습이 때때로 세상이 우리를 외면할지라도 인생을 긍정하며 살아갈 수 있는 힘이 되어 주리라 믿는다.

무라카미 류 저, 양억관 역, 『69sixty nine』, 작가정신, 2004

레프 톨스토이 저, 박형규 역, 『안나 카레니나』, 문학동네, 2010

무라카미 하루키 저, 유유정 역, 『상실의 시대(원제: 노르웨이의 숲)』, 문학사상사, 2010

가와바타 야스나리 저, 유숙자 역, 『설국』, 민음사, 2002

오정희, 『내 마음의 무늬』, 황금부엉이, 2006

류해욱, 『그대는 받아들여졌다』, 샘터사, 2014

미시마 유키오 저, 허호 역, 『금각사』, 웅진지식하우스, 2017

문병란 저, 『인연서설: 문병란 시집』, 〈여름날의 기도〉, 시와 사회, 1999

무라카미 하루키 저, 이영미 역, 『라오스에 대체 뭐가 있는데요?』, 문학동네, 2016

문정희 저, 『사랑의 기쁨』, 〈한계령을 위한 연가〉, 시월, 2010

정현종 저, 『섬: 시인의 그림이 있는 정현종 시선집』, 열림원, 2009

에릭 와이너 저, 김승욱 역, 『행복의 지도』, 웅진지식하우스, 2008

권리 외 12명 저, 『끝까지 이럴래?: 한겨레문학상 수상작가 작품집』, 〈그녀의 콧수염〉, 한겨레출판, 2010

오자와 료스케 저, 박재영 역, 『덴마크 사람은 왜 첫 월급으로 의자를 살까』, 꼼지락, 2016

로버트 프로스트 저, 이상희 역, 『눈 내리는 저녁 숲가에 멈춰 서서』, 살림어린이, 2013

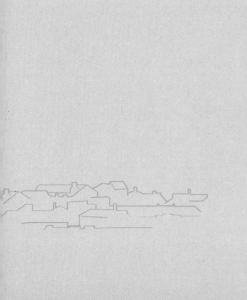